Khalil Gibran

Gebrochene Flügel

Walter-Verlag AG
Olten und Freiburg im Breisgau

الأجنحة المتكسرة

Al Ağniḥa al-mutakassira
Die Originalausgabe erschien 1912

Die Übersetzung aus dem Arabischen besorgten
Ursula Assaf-Nowak und Simon Yussuf Assaf

4. Auflage 1987

Gesamtherstellung in den
grafischen Betrieben des Walter-Verlags
Printed in Switzerland

ISBN 3-530-26717-1

Ihr, die mit offenen Augen die Sonne anblickt
und mit sicherer Hand das Feuer berührt,
ihr, die noch im Geschrei der Blinden die Melodie
des universellen Geistes vernimmt:
M. E. H.
widme ich dieses Buch

Gibran

Inhalt

Vorwort des Autors

Als die Liebe meine Augen zum erstenmal mit ihren Zauberstrahlen öffnete und meine Seele mit ihren Feuerfingern berührte, war ich achtzehn Jahre alt. Salma Karame war die erste Frau, deren Schönheit meinen Geist weckte. Sie führte mich ins Paradies erhabener Gefühle, wo die Tage wie Träume vergehen und die Nächte wie Hochzeiten.

Salma Karames Schönheit lehrte mich, das Schöne zu verehren. Ihre Zuneigung ließ mich die Geheimnisse der Liebe ahnen. Sie war es, die mir die ersten Verse sang aus der Dichtung des wahren Lebens.

Welcher Jüngling erinnert sich nicht an seine erste Geliebte, die ihn aus der Sorglosigkeit seiner Jugend aufrüttelte durch ihre Anmut, deren Sanftheit verletzt und deren Zauber verwundet. Wer von uns erinnert sich nicht mit Sehnsucht an diese merkwürdige Stunde, die – wenn wir es recht bedenken – unser ganzes Wesen erschüttert und verändert hat. Unser Herz wurde weit, empfindsam und offen für die beglückenden Eindrücke, was auch immer sie an Bitterkeit enthalten mögen. Ihretwegen nehmen wir Tränen, unerfüllte Wünsche und Schlaflosigkeit in Kauf.

Jedem Jüngling erscheint im Frühling seines Lebens unvermutet eine Salma, die seiner Einsamkeit Poesie verleiht, seine trostlosen, trüben Tage mit trauter Gegenwart erfüllt und seine stummen Nächte mit Melodien.

In jener Zeit taumelte ich unentschlossen zwischen den

Eingebungen der Natur und den Eindrücken aus Büchern und Schriften, als die Liebe durch Salmas Lippen zu mir sprach. Damals war mein Leben öde, leer und kalt, Adams Schlaf im Paradies vergleichbar, bis ich Salma sah, die sich wie eine Lichtsäule vor mir aufrichtete. Salma Karame war die Eva dieses Herzens, das voller Geheimnisse und Wunder ist. Sie lehrte mich den Sinn des Lebens begreifen, den sie als Spiegel vor allen Trugbildern aufstellte. Die erste Eva vertrieb Adam aus dem Paradies durch ihren Willen und seine Fügsamkeit; Salma hingegen führte mich ins Eden der reinen Liebe durch ihre Sanftmut und meine Bereitschaft. Doch was dem ersten Menschen geschah, blieb auch mir nicht erspart, und das feurige Schwert, das Adam aus dem Paradies vertrieb, gleicht dem Schwert, dessen blitzende Scheide mir Furcht einflößte. Es vertrieb mich widerstrebend aus dem Paradies, noch bevor ich ein Gebot übertrat und die Frucht des Guten und Bösen kostete.

Heute, nach all den dunklen Jahren, die die Spuren der Vergangenheit verwischt haben, bleiben mir von diesem schönen Traum nichts als schmerzliche Erinnerungen, die wie unsichtbare Flügel um meinen Kopf kreisen; sie lösen Seufzer und Klagen meiner Seele aus und füllen meine Augen mit Tränen der Verzweiflung und des Kummers. Salma, meine schöne, liebliche Salma ist hinter der blauen Abenddämmerung verschwunden und von ihr zeugen nur noch ein Marmorgrab im Schatten hoher Zypressen und ein gebrochenes Herz. Jenes Grab und dieses Herz sind alles, was bleibt, um an Salma Karame zu erinnern. Die Stille, welche die Gräber umgibt, verrät das wohlgehütete Geheimnis nicht, das die Gottheit in die Finsternis des Sarges verbannte, und das Blätterrauschen der Bäume, die sich von ihrem Körper nähren, gibt die Geheimnisse der Gräber nicht preis; dies gequälte Herz aber wird sie enthüllen und mit den Tropfen schwarzer Tinte wird es die Tragödie, deren Helden die Liebe, die Schönheit und der Tod sind, an den Tag bringen.

Freunde meiner Jugend, die ihr in Beirut lebt, wenn ihr am Friedhof in der Nähe des Pinienhains vorbeikommt, tretet schweigend ein, bewegt euch langsam und leise, damit eure Schritte den Frieden der Toten nicht stören, die unter der Erde schlafen, und haltet vor Salmas Grab ehrfürchtig an! Grüßt von mir die Erde, die ihren Körper aufnahm! Gedenkt meiner mit einem Seufzer und sagt euch: Hier liegt die Hoffnung jenes Jünglings begraben, den die Schicksalsschläge übers Meer vertrieben haben. Hier wurden seine Wünsche und Freuden zunichte, hier flossen seine Tränen und hier erfror sein Lächeln. Auf diesem stummen Friedhof wächst sein Schmerz zusammen mit den Zypressen und Trauerweiden. Jede Nacht schwebt sein Geist über diesem Grab und sucht Trost in der Erinnerung. Er stimmt Klagelieder an mit den Geistern der Einsamkeit, und mit den Blättern der Bäume trauert er über diejenige, die gestern noch eine liebliche Melodie war auf den Lippen des Lebens und heute ein schweigendes Geheimnis im Herzen dieser Erde ist.

Freunde und Begleiter meiner Jugend, im Namen eurer Geliebten beschwöre ich euch: Legt der Frau, die ich von Herzen liebte, einen Kranz aus Blumen aufs Grab! Vielleicht wird eine dieser Blumen, mit denen ihr das vergessene Grab schmückt, wie ein Tautropfen sein, der aus den Lidern der Morgenröte auf die Blätter einer verwelkten Rose tropft.

Stumme Trauer

Ihr erinnert euch gern an den Morgen eurer Jugend und bedauert ihren Abschied; ich aber entsinne mich ihrer wie ein Freigelassener, der an die Mauern seines Gefängnisses sowie an seine Fesseln denkt. Ihr nennt diese Zeitspanne zwischen Kindheit und Jugend das goldene Zeitalter, das weder die Mühen noch die Sorgen des Lebens kennt. Es schwebt über den Strapazen und Beschwerden des Lebens wie eine Biene, die auf ihrem Weg in die Blumengärten die Sümpfe überfliegt. Ich jedoch kann diese Jahre nur als eine Zeit stummer Leiden bezeichnen, die in meinem Herzen nisteten und sich in seinem Innern wie ein Sturm erhoben, der immer stärker und gewaltiger wurde, ohne einen Ausweg zu finden in die Welt des Wissens und der Erkenntnis, bis schließlich die Liebe in mein Herz eindrang, seine Türen öffnete und sein Inneres mit Luft und Licht erfüllte. Und erst als die Liebe meine Zunge löste, begann ich zu sprechen, als sie meine Lider öffnete, fing ich an zu weinen, und als sie eine Kehle befreite, seufzte und klagte ich.

Ihr erinnert euch gern an die Felder und Gärten, die Plätze und Straßen, die Zeugen eurer Spiele waren und euer unschuldiges Geflüster vernahmen; auch ich erinnere mich an einen herrlichen Flecken Land im Norden des Libanon. Kaum schließe ich die Augen vor meiner augenblicklichen Umgebung, so erstehen vor mir jene zauberhaften Täler und jene hohen Gebirge, die majestätisch in den Himmel ragen. Und kaum verschließe ich meine Ohren vor dem Lärm der Menge, so vernehme ich das Rauschen jener Flüsse und das Rascheln der Blätter jener Bäume. Aber all diese Schönheiten, die ich mir jetzt vergegenwärtige und nach denen ich mich sehne wie ein Säugling nach der Brust der Mutter, quälten und folterten damals meinen Geist, der in der Finsternis der Jugend eingeschlossen war wie ein Falke hinter den Gitterstäben seines Käfigs, der unter seiner Gefangenschaft umso mehr leidet, wenn er eine Schar anderer Falken in der grenzenlosen Weite des Firmaments frei fliegen sieht. Mein Herz wurde heimgesucht von schmerzlichen Gedanken und Überlegungen, die mit den Fingern des Zweifels und der Verwirrung einen Schleier der Hoffnungslosigkeit und Verzweiflung um mein Herz webten. – Nie ging ich in die Natur hinaus, ohne betrübt zurückzukehren, und ich suchte vergebens nach den Gründen meiner Betrübnis. Nie sah ich abends die Wolken, welche die untergehende Sonne mit ihren Strahlen vergoldete, ohne eine Beklemmung in mir zu fühlen, deren Ursache ich nicht kannte. Und nie hörte ich das Zwitschern der Amseln und Drosseln und das melodiöse Rauschen des Wassers, ohne traurig zu sein, und es war mir unmöglich, die Motive meiner Trauer zu entdecken.

Man sagt, daß Unwissenheit die Wiege der Leere und die Leere wiederum das Lager der Sorglosigkeit sei. Doch das trifft nur auf diejenigen zu, die tot geboren wurden und als leblose, kalte Körper auf dieser Erde sind. Wenn sich aber diese blinde Unwissenheit mit einer ausgeprägten Empfindsamkeit paart, dann ist die Trauer tiefer als ein Abgrund und bitterer als der Tod. Der sensible Jüngling, der noch nicht viel weiß, ist die unglücklichste Kreatur unter der Sonne, denn seine Seele ist zwei gewaltigen entgegengesetzten Kräften preisgegeben: eine unsichtbare Kraft erhebt ihn über die Wolken und zeigt ihm die Schönheit der Schöpfung hinter dem Nebel der Träume, und eine sichtbare Kraft fesselt ihn an die Erde, füllt seine Augen mit Staub und läßt ihn einsam und ängstlich in undurchdringbarer Finsternis zurück.

Die Trauer hat eine seidenweiche Hand aber einen festen Griff; ihre Finger umklammern das Herz und machen es einsam. Und die Einsamkeit ist ebenso eine Schwester der Traurigkeit wie sie eine Vertraute schöpferischer Tätigkeit ist. Den Eindrücken der Einsamkeit und Traurigkeit gegenüber ist der Jüngling mit einer Lilie zu vergleichen, deren Blütenblätter sich allmählich öffnen, wobei sie im Wind erzittern, am Morgen öffnet sie ihr Herz den Strahlen des Morgenrots und am Abend schließt sie ihre Blütenblätter vor den Schatten der Dunkelheit. Wenn dieser Jüngling weder ein Betätigungsfeld hat, das seine Gedanken beschäftigt, noch Freunde, die seine Neigungen teilen, dann wird das Leben für ihn zu einer engen und finsteren Gefängniszelle, in deren Winkeln er nur Spinnengewebe sieht und in der er nur das Kriechen der Insekten vernimmt.

Diese Trauer, die meine Jugend überschattete, war nicht die Folge eines Mangels an Ablenkungen und Vergnügungen, denn die wurden mir reichlich zuteil; auch war sie nicht auf ein Fehlen guter Freunde und Gefährten zurückzuführen, denn die traf ich, wo immer ich mich befand. Vielmehr war diese Trauer die Folge einer natürlichen Beschaffenheit meiner Seele, die mich die Einsamkeit und Abgeschiedenheit den Vergnügen und Ablenkungen vorziehen ließ. Sie nahm mir die Flügel der Jugend von

meinen Schultern und ließ mich einem klaren Bergsee gleichen, dessen ruhige Oberfläche die Bilder der ihn umgebenden Gestalten, die Farben der Wolken und die Konturen der Bäume spiegelt, dessen Wasser aber keinen Durchlaß finden, um als singender Fluß ins Meer zu gelangen.
So verlief mein Leben, bis ich achtzehn Jahre alt wurde. Und dieses Lebensjahr war im Vergleich zu den vorangegangenen Jahren wie ein Berggipfel, denn es veranlaßte mich, über diese Welt nachzudenken. Es führte mir die Wege der Menschen vor Augen, die Weiden ihres Strebens, die steilen Pfade ihrer Mühen und die Höhlen ihrer Gesetze und Traditionen.
In diesem achtzehnten Lebensjahr wurde ich zum zweitenmal geboren, und derjenige, den Trauer und Verzweiflung nicht wiedergeboren haben und den die Liebe nicht in die Wiege der Träume gelegt hat, bleibt ein unbeschriebenes, weißes Blatt im Buch des Lebens.
In jenem Jahr sah ich die Engel des Himmels, die mich durch die Augen einer schönen Frau anblickten, und gleichzeitig sah ich die Teufel der Hölle, die im Herzen eines gesinnungslosen Mannes ihr Unwesen trieben. Und derjenige, der die Engel und Teufel nicht gesehen hat in den Wundern und Widerwärtigkeiten des Lebens, dessen Herz bleibt ohne Erkenntnis und dessen Seele ohne Verständnis.

Die Hand des Schicksals

Im Frühling dieses denkwürdigen Jahres hielt ich mich in Beirut auf. Der April ließ die Blumen und das Gras blühen und sprießen, und in den Gärten der Stadt erschienen die Blüten wie Geheimnisse, welche die Erde dem Himmel anvertraut. Mandel- und Apfelbäume trugen weiße, duftende Gewänder und nahmen sich zwischen den Häusern wie Nymphen in schneeweißen Kleidern aus, wie Himmelsbräute, die Mutter Natur den Dichtern und Künstlern schickt.

Überall ist der Frühling schön, aber am schönsten ist er im Libanon. Er ist der Geist eines unbekannten Gottes, der mit raschen Schritten die Erde umkreist; sobald er den Libanon erreicht, verlangsamt er seinen Schritt und geht gemächlich weiter, indem er sich nach allen Seiten umschaut; er lauscht den Geistern der Könige und Propheten, die dort im Raum schweben, den Flüßen Judäas, welche die ewigen Hymnen Salomons wiederholen, und den Zedern, die sich vom Ruhm vergangener Jahrhunderte erzählen. Beirut ist im Frühling schöner als zu den übrigen Jahreszeiten; es ist befreit sowohl vom Schlamm des Winters als auch vom Staub des Sommers. Zu dieser Zeit erscheint die Stadt zwischen den Regenfällen des Winters und den Hitzewellen des Sommers wie ein hübsches junges Mädchen, das sich im Meer gebadet und dann ans Ufer gesetzt hat, um ihren schönen Körper unter den Strahlen der Sonne zu trocknen.

An einem dieser Tage, die erfüllt waren vom berauschenden Duft des April und seinem bezaubernden Lächeln, besuchte ich einen Bekannten, der am Rand der Stadt wohnt, weit entfernt vom Lärm der Menge und des Verkehrs. Während wir uns über unsere Wünsche und Hoffnungen unterhielten, trat ein vornehmer älterer Herr, der um die fünfundsechzig Jahre alt sein mochte, zu uns ins Haus ein. Seine schlichte, gepflegte Kleidung und sein geistvolles, faltiges Gesicht legten Zeugnis für eine ehrenwerte Persönlichkeit ab. Als ich mich zum Gruß erhob, sagte ein Bekannter: «Darf ich dir Herrn Fares Karame vorstellen?» Dann nannte er meinen Namen und fügte ihm ein Kompliment hinzu. Der ältere Herr betrachtete mich aufmerksam, indem er mit den Fingerspitzen seine hohe, von schneeweißem Haar gekrönte Stirn berührte, als ob er sich auf ein längst vergessenes Bild zurückbesinnen müsse. Dann lächelte er freundlich und sagte: «Du bist der Sohn eines guten, alten Freundes, in dessen Begleitung ich den Frühling meines Lebens verbracht habe. Wie freue ich mich, dich hier zu treffen, und deinem Vater in dir aufs neue zu begegnen!»
Seine Worte beeindruckten mich und ich fühlte, wie eine verborgene Kraft mich zu ihm hinzog, eine Kraft, die dem Instinkt eines Vogels gleichen mag, der ihn ins sichere Nest lockt, bevor ein Sturm aufkommt. Als wir uns gesetzt hatten, fuhr unser Besucher fort, von seiner Freundschaft mit meinem Vater zu berichten. Er rief die Bilder der Jugend in sein Gedächtnis zurück, die sie gemeinsam verbracht hatten und erzählte uns die Geschichten vergangener Jahre, welche die Zeit in das Leichentuch seines Herzens eingehüllt und in seiner Seele begraben hatte...
Es ist bekannt, daß alte Menschen mit ihren Gedanken

gern in die Zeit ihrer Jugend zurückkehren, und dabei geht es ihnen wie einem Heimwehkranken, der aus der Fremde in die Heimat zieht. Es drängt sie, Begebenheiten aus ihrer Jugend zu berichten, ebenso wie es einen Dichter drängt, sein bestes Gedicht vorzutragen. Im Geiste verweilen sie in der Vergangenheit, denn die Gegenwart geht an ihnen vorüber, ohne sie eines Blickes zu würdigen, und die Zukunft erscheint ihnen verhüllt vom Nebel des Untergangs und gebettet in die Finsternis des Grabes.

Nachdem eine Stunde vergangen war mit dem Berichten von Geschichten vergangener Zeiten, den Schatten der Zweige gleich, die übers Gras huschen, erhob sich Fares Karame, um zu gehen. Als ich mich von ihm verabschiedete, nahm er meine Hand in seine Rechte, legte seine linke Hand auf meine Schulter und sagte: «Ich habe deinen Vater seit zwanzig Jahren nicht mehr gesehen; ich hoffe durch deine Besuche für diese lange Trennung entschädigt zu werden.» Ich dankte ihm, indem ich meinen Kopf neigte und versprach ihm, der Pflicht gern nachzukommen, die ein Sohn dem Freund seines Vaters gegenüber hat.

Nachdem Fares Karame uns verlassen hatte, bat ich meinen Bekannten, mir mehr über ihn zu erzählen. Er entgegnete mir nachdenklich: «Ich kenne in ganz Beirut niemanden außer ihn, den der Reichtum tugendhaft machte und die Tugend reich! Er ist einer der wenigen, die in diese Welt kommen und sie verlassen, ohne jemandem Unrecht getan oder einen Schaden zugefügt zu haben! Aber solche Menschen sind selber oft unglücklich und werden von anderen ungerecht behandelt, da sie die List nicht kennen, die sie vor den Intrigen und Verstellungen anderer schützt.»

Fares Karame hat eine einzige Tochter, die mit ihm in seiner prächtigen Villa am Stadtrand wohnt, und sie besitzt den gleichen Charakter wie ihr Vater. Unter den Frauen gibt es keine, die ihr an Schönheit und Geistesstärke gleichkäme, aber auch sie wird unglücklich werden, weil der große Reichtum ihres Vaters sie an den Rand eines tiefen, finsteren Abgrunds gestellt hat.

Bei diesen Worten verriet das Gesicht meines Bekannten seine Sorge und sein Bedauern. «Fares Karame hat ein großmütiges Herz», fuhr er fort, «aber einen schwachen Willen, er läßt sich wie ein Blinder von den Verstellungen der Menschen führen und wie ein Stummer von ihrem Ehrgeiz bestimmen. Seine Tochter unterwirft sich seinem schwachen Willen trotz ihrer Geistesstärke und ihrer vielfältigen Talente, und das ist das Geheimnis von Vater und Tochter.

Aber ein Mann hat dieses Geheimnis durchschaut, ein Mann, in dem sich der Ehrgeiz mit der Verstellung paart und die Bosheit mit der List. Dieser Mann ist Bischof und betreibt seine Intrigen im Schutz des Evangeliums, so daß sie den Menschen als Tugenden erscheinen. Er ist ein religiöser Chef in einem Land der Religionen und Konfessionen. Die Menschen fürchten ihn und fallen vor ihm nieder wie die Schafe vor dem Schlächter. Dieser Bischof hat einen Neffen, in dessen Herz die Korruption und Verschlagenheit nisten wie Reptile und Schlangen in Höhlen und Sümpfen. Und der Tag liegt nicht in weiter Ferne, an dem sich der Bischof in seinen kostbaren liturgischen Gewändern zeigen wird mit seinem Neffen zu seiner Rechten und der Tochter von Fares Karame zu seiner Linken, er wird mit seinen frevelnden Händen den Brautkranz auf ihre Köpfe legen und kraft seiner priesterlichen Voll-

machten zum Binden und Lösen einen reinen Körper mit einem verwesenden Kadaver vereinen; aufgrund eines korrupten Gesetzes wird er einen himmlischen Geist mit einem irdischen Leib verbinden und das Herz des Tages in die Brust der Nacht verpflanzen.
Das ist alles, was ich dir jetzt von Fares Karame und seiner Tochter berichten kann», sagte mein Bekannter. «Stell mir lieber keine weiteren Fragen zu diesem Thema, denn ein Unglück erwähnen, heißt soviel wie es herbeirufen, ebenso wie die Angst vor dem Tod den Tod bekanntlich anlockt. Mein Bekannter wandte sein Gesicht von mir ab und schaute durch das Fenster zum Himmel, als ob er die Absichten des Schicksals im Äther zu ergründen suchte.
Als ich mich von ihm verabschiedete, bemerkte ich: «Morgen werde ich Fares Karame besuchen, um mein Versprechen einzulösen und aus Respekt vor der Freundschaft, die ihn mit meinem Vater verband, und an die er eine so gute Erinnerung bewahrt hat.» Mein Bekannter sah mich einen Augenblick erstaunt an. Sein Gesichtsausdruck hatte sich verändert, als ob ihm aufgrund meiner Bemerkung etwas eingefallen wäre, woran er vorher nicht gedacht hatte; dann blickte er mich voller Sympathie und Sorge an, mit dem Blick eines Propheten, der in den Tiefen der Seele entdeckt, was diese noch nicht ahnt.
Seine Lippen bewegten sich, doch er sagte nichts. Ich ging gedankenverloren zur Tür, und ich spürte, daß seine Augen mir folgten – mit jenem seltsamen Blick, dessen Bedeutung ich nicht verstand, bis sich meine Seele aus der Welt der Maße und Mengen befreite und ins weite Universum gelangte, wo sich die Herzen mit einem Blick verständigen und die Geister sich im gegenseitigen Einverständnis entfalten.

An der Schwelle des Tempels

Nach einigen Tagen, als ich der Einsamkeit überdrüssig war und meine Augen den Anblick der eintönigen Buchseiten leid waren, mietete ich eine Kutsche und fuhr zum Hause von Fares Karame. Nachdem wir den Pinienwald erreicht hatten, wo viele Leute spazierengingen, bog der Kutscher in einen Privatweg ein, den Weidenbäume säumten; dahinter erstreckten sich zu beiden Seiten Weingärten und Wiesen mit den Blumen des April, die in allen Farben leuchteten, rot wie Rubine, blau wie Smaragde und gelb wie Gold.

Nach kurzer Fahrt hielt die Kutsche vor einem freistehenden Haus, das in einem großen Garten lag, in dem sich die Zweige der Bäume ineinander verflochten und in dem es nach Rosen und Jasmin duftete.

Kaum war ich einige Schritte gegangen, da erschien Fares Karame am Eingang seines Hauses, um mir entgegenzukommen, als hätte das Geräusch des sich nähernden Fahrzeugs in dieser abgeschiedenen Gegend ihm meine Ankunft angezeigt. Er hieß mich herzlich willkommen und führte mich ins Innere des Hauses. Wie ein Vater, der die Ankunft seines Sohnes herbeigesehnt hat, bat er mich neben sich Platz zu nehmen und erkundigte sich voller Interesse nach meinem Befinden, nach Begebenheiten aus meiner Vergangenheit und Plänen für meine Zukunft. Ich antwortete ihm in jenem Ton stolzer Zuversicht in meine hochgesteckten Vorstellungen und Träume, den alle Jugendlichen anschlagen, bevor die Wellen ihrer Wünsche sie an das Ufer der Verwirklichung spülen, wo Mühe und Anspannung herrscht.

Die Jugend besitzt Flügel, deren Federn die Poesie und deren Nerven die Phantasie sind. Von ihnen werden sie emporgehoben – über die Wolken hinweg; das Leben, das sie von dort aus betrachten, erscheint ihnen strahlend und in den Farben des Regenbogens schimmernd, und sie hören das Leben markige Heldenlieder anstimmen. Doch es dauert nicht lange, bis diese Flügel aus Poesie und Phantasie von heftigen Stürmen geknickt und zerrissen werden; ihre Träger stürzen hinab in die Welt der Realität; diese Welt ist ein sonderbarer Spiegel, in dem der Mensch sich selbst verkleinert und verzerrt sieht.

In diesem Augenblick erschien durch den Velourvorhang einer Tür ein junges Mädchen in einem leichten, weißen Seidenkleid und kam langsam auf uns zu. Wir erhoben uns, und der Scheich sagte mit väterlichem Stolz: «Das ist meine Tochter Salma!» Dann nannte er ihr meinen Namen und fügte hinzu: «Das Schicksal, das mir meinen alten Freund genommen hat, schenkte ihn mir aufs neue in der Person seines Sohnes. Ich begegne ihm wieder, ohne ihn zu sehen.» Das junge Mädchen schaute mir in die Augen, als ob sie in ihnen den wahren Grund meines Kommens lesen wollte. Dann reichte sie mir ihre Hand, die weißer und zarter war als eine Lilie des Feldes. Beim Berühren ihrer Hand überkam mich ein neues, nie gekanntes Gefühl – dem schöpferischen Einfall in der Phantasie des Dichters vergleichbar.

Wir setzten uns schweigend, als ob Salma einen göttlichen Geist ins Zimmer geführt hätte, der zur Stille mahnte. Nach einer Weile wandte sie sich an mich, als wäre sie

sich plötzlich der Stille bewußt geworden, und sagte lächelnd: «Mein Vater hat mir oft von deinem Vater erzählt und von Begebenheiten aus ihrer gemeinsamen Jugend; wenn es dein Vater auch so hielt, dann begegnen wir uns jetzt nicht zum erstenmal!»
Der Scheich freute sich offensichtlich über die Worte seiner Tochter, und er bemerkte schmunzelnd: «Salma ist spirituell veranlagt; sie betrachtet alles aus der Perspektive der Welt des Geistes.» Dann nahm Fares Karame unsere Unterhaltung mit ungeteilter Aufmerksamkeit wieder auf, als ob ich für ihn ein faszinierendes Medium darstellte, das ihn auf den Flügeln der Erinnerung in den Frühling seines Lebens zurückversetzte. Er schaute mich an, während die Bilder seiner Jugend an seinem inneren Auge vorbeizogen, und ich sah ihn an, wobei ich von meiner Zukunft träumte. Er erschien mir wie ein gewaltiger, hochragender Baum, dessen Zweige, von Früchten reich behangen, ein schattiges Zelt bildeten für eine junge Pflanze voller Lebensdrang. Im Vergleich zu diesem bejahrten Baum mit seinen kräftigen Wurzeln, der sowohl die Sommer als auch die Winter des Lebens erfahren hat und den Stürmen und Unwettern der Zeit trotzte, war ich ein zarter, biegsamer Schößling, der nur den Frühling des Lebens erlebt hatte und bereits vor der Brise der Morgendämmerung zitterte.
Während unserer Unterhaltung verhielt sich Salma schweigsam. Sie schaute bald mich, bald ihren Vater an, als ob sie in unseren Gesichtern das erste und letzte Kapitel der Geschichte des Lebens lesen könnte.
So verging dieser Tag und verströmte seufzend seine letzten Atemzüge in Gärten und Felder, und die Sonne bedeckte mit goldenen Küssen die hohen Gipfel des Liba-

non. Fares Karame fuhr fort mit dem Erzählen seiner Geschichten, die mich in Erstaunen versetzten, und ich enthüllte ihm meine jugendlichen Träume, die ihn erheiterten. Salma saß währenddessen reglos in der Nähe des Fensters und lauschte unserer Unterhaltung, wobei sie uns mit ihren melancholischen Augen anschaute. Sie sprach kein Wort, als wüßte sie, daß die Schönheit eine himmlische Sprache besitzt, die sich über die Laute erhebt, die von den Lippen geformt werden; es ist die ewige Sprache, die alle menschlichen Sprachen in sich vereint und sie zu einem tiefen, lautlosen Gefühl verschmilzt, so wie der stille See die munteren Lieder der Bäche und Flüsse an sich zieht und sie in seinen Tiefen in ewiges Schweigen verwandelt.
Die Schönheit ist ein Geheimnis, das unser Geist versteht, an dem er sich erquickt und unter dessen Eindruck er sich entfaltet. Unser Denken versucht zögernd und tastend, die Schönheit zu bestimmen und in Worte zu fassen, ohne es jedoch zu vermögen. Dem Auge verborgen, befindet sie sich in den Schwingungen, die zwischen dem Gefühl des Betrachtenden und dem des Betrachteten strömen. Die wahre Schönheit manifestiert sich in den Strahlen, die aus dem Allerheiligsten der Seele dringen; ihr Leuchten bricht aus dem Innersten hervor, ebenso wie sich das Leben aus dem tiefsten Kern in Blumen und Blüten ergießt, denen es Farbe und Duft verleiht.
Die Schönheit ist das vollkommene Einverständnis zwischen Mann und Frau, das sich in einem Augenblick ereignet; in einer einzigen Sekunde kann dieses Gefühl entstehen, das alle Gefühle überragt. Und dieses geistige Gefühl ist es, das wir Liebe nennen.
War mein Geist an diesem Abend mit Salmas Geist zu diesem Einverständnis gelangt, so daß sie mir als die

schönste Frau unter der Sonne erschien? Oder gaukelte mir ein jugendlicher Rausch Bilder vor, die der Realität entbehrten? Hatte mich die Jugend geblendet, und hatte ich mir das Strahlen in Salmas Augen, die Süße ihres Mundes und die Grazie ihrer Gestalt nur eingebildet, oder war es jenes Strahlen, jene Süße und jene Grazie, die mir die Augen geöffnet hatten, um mir die Freuden und Leiden der Liebe zu offenbaren? Ich weiß es nicht, ich weiß nur, daß ich an diesem Abend etwas fühlte, was ich nie zuvor gefühlt hatte. Es war ein neues Gefühl, das mein Herz mit Ruhe erfüllte, vergleichbar dem Schweben des Geistes über den Wassern zu Anbeginn der Zeit. Aus diesem Gefühl wurde mein Glück und mein Unglück geboren, ebenso wie aus dem Willen jenes Geistes, der über den Wassern schwebte, die Geschöpfe ins Leben gerufen wurden.

So verging die Stunde, die mich zum erstenmal mit Salma vereinte. Es war der Wille des Himmels, mich unverhofft aus der Knechtschaft der Verzweiflung und der Jugend zu entlassen und mich freizugeben für den Reigen der Liebe. Und die Liebe ist die einzige Freiheit in dieser Welt, sie erhebt die Seele zu erhabenen Höhen, die wir weder durch die Vorschriften und Überlieferungen der Menschen erreichen können noch durch die Gesetze der Natur.

Als ich mich zum Gehen anschickte, sagte Fares Karame zu mir: «Nachdem du jetzt den Weg zu unserem Haus kennst, ist es deine Pflicht, mit dem gleichen Vertrauen hierherzukommen, das dich ins Haus deines Vaters führt. Du sollst mich und Salma als deinen Vater und deine Schwester betrachten, nicht wahr, Salma?»

Salma antwortete mit einem Kopfnicken; dann sah sie

mich an wie jemand, der in der Fremde plötzlich einen alten Freund erblickt.

Diese Worte, mit denen Fares Karame mich verabschiedete, waren die ersten Akkorde, die mir einen Platz an Salmas Seite zuwiesen vor dem Thron der Liebe, sie waren der Beginn eines himmlischen Gesanges, der als ein Klagelied endete. Diese Worte ermutigten uns, uns dem Licht und dem Feuer zu nähern. Sie waren der Kelch, aus dem wir die Süßigkeit des Nektars und die Bitterkeit des Wermuts tranken.

Der Scheich begleitete mich ans Gartentor, und während ich mich von ihm verabschiedete, bebte mein Herz wie die Lippen eines Verdurstenden, wenn sie den Rand des Kelches berühren.

Die weiße Fackel

Der April verging, und ich setzte meine Besuche im Hause von Fares Karame fort, wo ich jedesmal auch Salma begegnete; ich saß ihr dann im Garten gegenüber, betrachtete ihre Schönheit und bewunderte ihre Intelligenz. Ich lauschte ihrer stummen Trauer und fühlte, wie verborgene Hände mich zu ihr hinzogen. Bei jedem Besuch entdeckte ich eine neue Seite ihrer Schönheit und ein weiteres Geheimnis ihres Geistes, bis sie vor meinen Augen zu einem Buch wurde, dessen Zeilen ich las, dessen Verse ich auswendig lernte, dessen Noten ich vor mich her summte und dessen Ende ich nicht erreichen konnte.

Eine Frau, der die Gottheit sowohl die Schönheit der Seele als auch die des Leibes verlieh, erscheint uns als sichtbare und verborgene Wahrheit zugleich, die wir durch die Liebe verstehen und in Reinheit berühren; sobald wir aber versuchen, sie durch Worte zu definieren, entzieht sie sich unserem Bemühen und verschwindet hinter einem Nebel aus Verwirrung und Zweifel.

Salma Karame hatte sowohl eine schöne Seele als auch einen schönen Körper. Wie könnte ich sie auch nur annähernd beschreiben! Kann sich derjenige, der im Schatten der Flügel des Todes weilt, den Gesang der Nachtigall vorstellen, das Flüstern einer Rose oder die Seufzer des Flusses? Kann der Gefangene in seinen Ketten der Brise des Morgenwindes folgen? Doch das Schweigen über sie fällt mir schwerer als das Reden. Sollte ich mich davor scheu-

en, Salmas Bild mit unzureichenden Worten zu beschwören, wenn ich sie nicht mit goldenen Linien darstellen kann? Ist es nicht so, daß der Hungrige inmitten der Wüste das trockene Brot nicht verschmäht, wenn ihm der Himmel weder Manna noch Wachteln regnet?
Salma war von graziler Gestalt, und in ihrem weißseidenen Kleid glich sie einem Mondstrahl, der durchs Fenster dringt; ihre Bewegungen waren weich und harmonisch und glichen den Liedern aus Isfahan; ihre Stimme war gedämpft und melodisch; dann und wann tropfte ein Seufzer von ihren karmesinroten Lippen wie Tautropfen von Blütenblättern, wenn der Wind leicht über sie hinwegweht. Ihr Gesicht – wer vermag es, Salmas Gesicht zu beschreiben! Welche Worte wären imstande, diesen ruhigen, melancholischen Gesichtsausdruck wiederzugeben, der bald unverhüllt, bald verhüllt war von einem Schleier durchsichtigen Goldes! Welche Sprache müßte man benutzen, um ihr Gesicht zu beschreiben, das in jedem Augenblick ein Geheimnis ihrer Seele enthüllt und denjenigen, der sie betrachtet, an die geistige Welt erinnert, die weit entfernt liegt von dieser Welt.
Die Schönheit ihres Gesichtes unterwarf sich nicht den Kriterien, mit denen die Menschen die Schönheit zu messen pflegen. Ihre Schönheit war fremd wie ein Traum, wie eine himmlische Offenbarung oder eine göttliche Eingebung, die man weder bestimmen noch verkörpern kann durch die Feder eines Malers oder den Marmor eines Bildhauers. Ihre Schönheit lag nämlich nicht allein in ihrem goldenen Haar, sondern in der Aureole der Reinheit, die es umgab; sie lag nicht nur in ihren großen Augen, sondern in dem Licht, das aus ihnen leuchtete, auch nicht allein in ihren rosenroten Lippen, sondern in der Anmut,

die auf ihnen lag, und nicht nur in ihrem elfenbeinfarbenen Hals, sondern in der Art, wie sie ihn sanft vorbeugte. Salmas Schönheit offenbarte sich nicht nur in der vollkommenen Gestalt ihres Körpers, sondern ebenso in der Leuchtkraft ihres Geistes, der einer weißen, brennenden Fackel glich, die zwischen Erde und Himmel schwebt. Salmas Schönheit war vom Range eines poetischen Genius, den die unsterblichen semitischen Qasiden und die Bilder und Gesänge großer Meister widerspiegeln. Diese genialen Menschen sind oft traurig, denn so hoch sich ihr Geist auch erheben mag, er bleibt doch eingeschlossen in einem Gewand aus Tränen.

Salma dachte viel und sprach selten; aber ihr Schweigen war wie Musik, die denjenigen, der bei ihr weilte, in eine Welt der Träume versetzte, in der er das Klopfen seines Herzens hört und die Schatten seiner Gedanken und Gefühle sieht. Die hervorstechende Eigenschaft von Salma jedoch war ihre Traurigkeit. Sie umgab sie wie ein Schleier, der die Schönheit des Körpers hervorhebt und ihr Würde und Anmut verlieh. Und das Licht ihrer Seele schien durch das Gewebe des Schleiers hindurch wie ein blühender Baum, den man durch den Morgennebel sieht. Salmas Traurigkeit bewirkte eine besondere Vertrautheit zwischen unseren Seelen: jeder von uns entdeckte im Gesicht des anderen, was er selbst in seinem Herzen fühlte, und er hörte in den Worten des anderen das Echo seiner inneren Stimme. Es war, als hätte die Gottheit jeden von uns beiden als die Hälfte des anderen geschaffen, so daß erst in unserer Vereinigung ein vollständiger Mensch entstand und unsere Seelen bei einer Trennung unsägliche Qualen litten wegen des unersetzbaren Mangels. Tatsächlich finden unsere Seelen nur Ruhe, wenn sie vereint sind mit der

Seele, die der unseren in ihren Empfindungen gleicht, so wie sich ein Fremder mit einem anderen verbrüdert auf einer Erde, die weit entfernt ist von ihrer gemeinsamen Heimat. Und die Seelen, die gemeinsame Leiden geeint haben, vermag nichts mehr zu trennen – weder die Seligkeit der Freude noch ihr Rausch. Die Bande, welche die Traurigkeit zwischen zwei Seelen knüpft, sind stärker als die Bande der Glückseligkeit. Und die Liebe, die mit Tränen besiegelt wird, bleibt ewig rein und schön.

Der Sturm

Einige Tage später lud Fares Karame mich zum Abendessen in sein Haus ein. Ich folgte gern seiner Einladung, denn meine Seele hungerte nach dem heiligen Brot, das mir der Himmel in Salmas Hände gelegt hatte; diese geistige Nahrung, die wir mit unseren Herzen aufnehmen und die unseren Hunger niemals stillt. Es ist das geheimnisvolle Brot, das der arabische Dichter Qais, das Dante und die Sappho gekostet haben, das ihre Seelen entbrennen und ihre Herzen erglühen ließ; es ist das Brot, das die Götter zubereiteten aus dem Balsam der Küsse und der Bitterkeit der Tränen, der Nahrung für empfindsame, empfängliche Herzen, damit sie sich an seinem köstlichen Geschmack laben und durch seine Bitterkeit läutern.
Als ich das Haus erreichte, sah ich Salma in einem Winkel des Gartens auf einer Holzbank sitzen; sie hatte ihren Kopf an einen Baum gelehnt, und sie erschien mir in ihrem weißen Seidenkleid wie eine Nymphe aus dem Reich der Träume, die diesen Ort bewacht. Schweigend näherte ich mich ihr und setzte mich neben sie, so behutsam und ehrfürchtig, wie sich ein Magier vor dem heiligen Feuer niederläßt. Als ich sprechen wollte, war meine Zunge gelähmt, und meine Lippen blieben unbeweglich. So schwieg ich, denn ein tiefes, grenzenloses Gefühl wird seiner allumfassenden Kraft beraubt, wenn man es durch beschränkte, unzureichende Worte auszudrücken versucht. Ich fühlte, daß Salma schweigend dem Flüstern meiner

Seele lauschte und in meinen Augen die Spiegelungen der Bilder meiner Seele betrachtete.
Nach einer Weile trat Fares Karame in den Garten; er kam auf uns zu und hieß mich wie immer herzlich willkommen. Er streckte mir dabei beide Hände entgegen, als ob er durch diese Geste unsere aufkommende Zuneigung segnen wollte. Dann sagte er lächelnd: «Kommt, meine beiden Kinder! Das Abendessen ist zubereitet!» Wir folgten ihm ins Haus, wobei Salma mich mit einem strahlenden Blick streifte, als ob die Worte ihres Vaters «Meine beiden Kinder» ein neues, angenehmes Gefühl in ihr geweckt hätten, das ihre Zuneigung zu mir schützend umgab, wie eine Mutter, die ihr Kind beschirmt.
Wir setzten uns zu Tisch, aßen, tranken und unterhielten uns. Wir genossen die appetitlichen Speisen und die alten Weine, während wir zusammen in diesem Zimmer saßen, unsere Gedanken aber in weit entrückten Welten schwebten: wir träumten davon, was uns die Zukunft bringen wird, und bereiteten uns darauf vor, ihren Widerwärtigkeiten standzuhalten. Drei Personen mit unterschiedlichen Ideen, ungleichen Zielen und abweichenden Tendenzen vereinte der Tisch an diesem Abend, die aber verbunden waren durch die Bande der Liebe und der Freundschaft. Drei unschuldige, schwache Menschen fanden sich in diesem Haus zusammen, die mehr fühlten als daß sie wußten. Dies war der Rahmen für ein Drama, das sich auf der Bühne ihrer Seelen abspielte; seine Helden waren ein ehrwürdiger alter Scheich, der seine Tochter liebt und nur ihr Glück im Auge hat, ein junges Mädchen von zwanzig Jahren, das in seine nähere und fernere Zukunft blickt, um zu sehen, was sie für sie bereithält an Glück und Unglück, und ein Jüngling mit hochgesteckten

Zielen und Träumen und mit vielen phantastischen Ideen, der weder den Wein noch den Essig des Lebens gekostet hat, der seine Flügel bewegt, um aufzusteigen ins All der Liebe und Erkenntnis, der aber nicht die Kraft hat, sich zu erheben. Drei Menschen, die um einen reichgedeckten Tisch sitzen in einem Haus am Rande der Stadt, umgeben von der Stille der Nacht, auf dem das Auge des Himmels ruht, das es bewacht. Drei Menschen, die gemeinsam Mahl halten, während das Schicksal auf dem Grund ihrer Teller und Gläser die Bitterkeit und Bedrängnis des Lebens schon bereithält.

Wir waren mit dem Essen noch nicht fertig, als eine Dienerin eintrat und dem Hausherrn meldete: «Vor der Tür steht jemand, der Sie sprechen möchte, Herr!»

«Wer ist es?» fragte er sie, und sie erwiderte: «Ich vermute, daß es der Diener des Bischofs ist.»

Fares Karame schwieg einen Augenblick, dann schaute er seine Tochter an mit dem Blick eines Propheten, der den Himmel zu Rate zieht, um zu erfahren, welche Geheimnisse sich hinter seinem Antlitz verbergen. Dann forderte er die Dienerin auf: «Laß ihn eintreten!»

Nachdem die Dienerin gegangen war, erschien kurz darauf ein Mann in einem bestickten orientalischen Gewand und mit einem Schnurrbart, der an den Enden hochgezwirbelt war. Er begrüßte uns mit einem Kopfnicken und sagte zu Fares Karame: «Der Bischof schickt dir sein Fahrzeug und bittet dich, zu ihm zu kommen, denn er hat etwas Wichtiges mit dir zu besprechen!»

Als Fares Karame sich zum Gehen erhob, hatte sich sein Gesichtsausdruck verändert, und sein Lächeln war hinter einem Schleier aus Nachdenklichkeit verschwunden. Bevor er ging, sagte er mit gedämpfter, freundlicher Stimme zu mir: «Ich hoffe, dich noch anzutreffen, wenn ich zurückkehre! Leiste Salma ein wenig Gesellschaft, damit sie sich nicht so einsam fühlt an diesem Abend, und vertreib ihr die Langeweile durch deine Unterhaltung!» Und indem er seine Tochter anschaute, fügte er lächelnd hinzu: «Ist es nicht so, Salma?» Sie nickte, während sie errötete; dann entgegnete sie ihm mit sanfter Stimme, die dem Ton einer Flöte glich: «Ich werde mir alle Mühe geben, Vater, unseren Gast zufriedenzustellen während deiner Abwesenheit.»

Der Scheich verließ uns in Begleitung des bischöflichen Dieners. Salma blieb stehen und schaute ihnen durchs Fenster nach, bis das Fahrzeug unsichtbar geworden war hinter dem Vorhang der Finsternis, bis das Geräusch der Räder in der Ferne verhallte und die Stille das Hufgeklapper aufsog. Dann setzte sie sich mir gegenüber auf ein mit grüner Seide bespanntes Sofa, in ihrem weißen Kleid sah sie aus wie eine Lilie auf einem Teppich aus grünem Gras, die der Morgenwind gebeugt hat.

So wollte es der Himmel, daß ich an diesem Abend mit Salma allein war in einem einsamen Haus, umstanden von alten Bäumen, eingetaucht in Schweigen und angefüllt von Liebe, Reinheit und Schönheit.

Eine Weile verharrte jeder von uns beiden schweigend in der Erwartung, daß der andere zu sprechen beginne. Aber sind es Worte, die Einverständnis schaffen zwischen liebenden Seelen? Sind es die Laute der Lippen, die bewirken, daß die Herzen der Menschen einander näherkommen? Gibt es nichts Erhabeneres, als was der Mund gebiert, und nichts Heiligeres, als was die Schwingungen der Kehle hervorbringen? Geschieht es nicht durch das Schweigen, daß die Ausstrahlungen der Seele die andere

Seele erreichen und das Flüstern des Herzens einem anderen Herzen vermittelt wird? Ist es nicht das Schweigen, das uns von uns selber befreit, uns im unbegrenzten Raum des Geistes schweben läßt in eine höhere Welt, in der wir ahnen, daß unsere Körper Gefängniszellen sind und diese Welt für uns nur ein Exil ist.

Salma sah mich an, und ihre Lider enthüllten die Geheimnisse ihrer Seele. Sie sagte leise: «Komm, laß uns in den Garten gehen und uns unter die Bäume setzen, um den Mond hinter den Bergen aufgehen zu sehen.»

Folgsam, aber zögernd stand ich auf und entgegnete ihr: «Wäre es nicht besser, Salma, hierzubleiben, bis der Mond aufgegangen ist und den Garten erhellt? Jetzt hüllt die Finsternis Bäume und Blumen ein, und wir können nichts sehen.»

Sie erwiderte: «Wenn auch die Finsternis Bäume und Blumen verbirgt, so vermag sie der Seele doch nicht die Liebe zu verbergen.»

Sie hatte diese Worte in einem merkwürdigen Ton gesagt, dann wandte sie scheu ihren Blick ab und schaute zum Fenster. Ich schwieg und dachte nach über das, was sie gesagt hatte, indem ich mir jedes einzelne Wort zu Gemüte führte, seine Bedeutung abwägte und für jede Bedeutung eine Wirklichkeit entwarf. Salma blickte mich nach einer Weile an, als ob sie ihre Worte bereute und durch die Magie ihres Blickes sie meinen Ohren wieder entlocken wollte. Aber den Zauber ihrer Augen konnten diese Worte nicht zurücknehmen, sondern er verstärkte nur noch den Eindruck in der Tiefe meines Herzens, wo ich mir bis zum Ende meines Lebens die Erinnerung an ihre Augen bewahrt habe.

Alles, was in dieser Welt von Bedeutung ist, entsteht aus

einem einzigen Gedanken oder aus einem einzigen Gefühl im Innern eines Menschen. Alles, was uns heute sichtbar erscheint von den Werken und Errungenschaften vergangener Jahrhunderte, war zuvor ein verborgener Gedanke im Gehirn eines Mannes oder ein tiefes Gefühl im Herzen einer Frau...

Die schrecklichen Revolutionen, die für die Freiheit, die sie als Göttin verehrten, das Blut in Strömen fließen ließen, waren zunächst nur ein abstrakter Gedanke in den Gehirnwindungen eines einzigen Mannes unter Tausenden; die grausamen Kriege, die unbeschreibliches Leid verursacht haben, Throne stürzten und Königreiche vernichteten, waren vor ihrer Verwirklichung nichts als eine Idee im Kopf eines einzelnen Mannes. Die erhabenen göttlichen Lehren, die den Lauf der Menschheit bestimmten, waren ein hehres Gefühl in der Seele eines einzigen Menschen, den sein Genie aus seinem Milieu absonderte. Ein einziger Gedanke errichtete die Pyramiden, ein einziges Gefühl zerstörte Troja, eine einzige Idee begründete den Ruhm des Islam, ein einziges Wort verbrannte die Bibliothek von Alexandrien.

Ein einziger Gedanke, der dir im Schweigen der Nacht kommt, führt dich entweder zu Ruhm und Ansehen oder zum Wahnsinn. Ein einziger Blick aus den Augen einer Frau macht dich zum glücklichsten oder unglücklichsten Mann der Welt, und ein einziges Wort von den Lippen eines Mannes kann einen Armen reich oder einen Reichen arm machen... Ein einziges Wort, das Salma Karame in dieser stillen Nacht gesprochen hatte, ließ mich innehalten zwischen meiner Vergangenheit und meiner Zukunft gleich einem Schiff, das zwischen der Tiefe des Meeres und der Weite des Firmaments auf hoher See vor Anker geht.

Ein einziges bedeutungsvolles Wort weckte mich aus dem Schlaf der Jugend und versetzte mich auf den Schauplatz der Liebe, wo Leben und Tod miteinander ringen.
Wir gingen in den Garten hinaus, schritten unter den Bäumen und fühlten die Finger der Abendbrise unsere Gesichter berühren, während die Blumen und das Gras sich leise unter unseren Schritten wiegten. Als wir den Jasminstrauch erreichten, setzten wir uns schweigend auf die Holzbank und lauschten dem Atmen der schlafenden Natur, die uns die verborgenen Tiefen unserer Herzen enthüllte vor den Augen des Himmels, die uns ansahen.
In diesem Augenblick ging der Mond hinter dem Sanningebirge auf und tauchte die Küste und die Hügel in silbernes Licht. Die Dörfer erschienen auf den Schultern der Täler, als ob sie gerade aus dem Nichts erstanden wären, und der Libanon wirkte unter den silbernen Strahlen des Mondes wie ein Jüngling, der sich auf seinen Armen abstützt und ein leichtes Gewand trägt, das seinen Körper verhüllt, ohne ihn zu verbergen.
In der Vorstellungswelt westlicher Dichter ist der Libanon ein fiktiver Ort, der mit David, Salomon und den Propheten untergegangen ist und sich ebenso wie der Garten Eden in nichts auflöste, nachdem Adam und Eva ihn verlassen hatten. Für sie ist der Libanon ein poetischer Begriff; nicht der Name eines tatsächlichen Berges, eines Landes, sondern ein Bild, das einen Seelenzustand veranschaulicht, das Vorstellungen von Zedernwäldern heraufbeschwört, die Weihrauchduft verströmen, von Messing- und Marmorburgen, die sich majestätisch erheben, und von Gazellen, die in Gruppen zwischen Hügeln und Tälern erscheinen. Auch ich erlebte an diesem Abend den Libanon wie eine poetische Vision, die gleich einem Traum zwischen

Schlafen und Erwachen auftaucht. So ändern sich die Dinge vor unseren Augen je nach unserer Stimmung, sie erscheinen uns voller Zauber und Schönheit, wenn diese sich in unserem Innersten befinden.
Salma sah mich an, und das Mondlicht überzog ihr Gesicht, ihren Hals und ihre Handgelenke mit einer silbernen Patina, so daß sie mir wie eine Skulptur aus Elfenbein erschien, die ein Jünger Astartes für die Göttin der Schönheit und Liebe geschaffen hat. «Warum sprichst du nicht? Warum erzählst du mir nichts aus der Vergangenheit deines Lebens?» fragte sie mich. Ich blickte in ihre leuchtenden Augen, und wie ein Stummer, der plötzlich seine Sprechfähigkeit zurückerhält, sagte ich: «Hast du mich nicht sprechen hören, seitdem wir hier an diesem Ort sind? Hast du nicht gehört, was ich dir sagte, als wir in den Garten traten? Deine Seele, die das Flüstern der Blumen und die Lieder des Schweigens vernimmt, kann doch den Schrei meiner Seele und das Rufen meines Herzens nicht überhört haben.»
Sie bedeckte ihr Gesicht mit ihrer Hand und sagte zögernd: «Doch, ich habe dich gehört! Ich hörte eine Stimme aus dem Herzen der Nacht rufen, und ich vernahm einen unüberhörbaren Schrei aus der Brust des Tages.»
Bei ihren Worten hatte ich die Vergangenheit meines Lebens ebenso vergessen wie meine Gegenwart und meine Zukunft, ich erinnerte mich an nichts außer an Salma und fühlte nichts außer ihrer Gegenwart, und ich erwiderte: «Auch ich hörte dich, Salma! Ich hörte eine wunderbare Musik, belebend und verletzend zugleich, die alles an sich zieht und die Fundamente der Erde erzittern läßt.»
Salma schloß die Augen, und auf ihren karmesinroten Lippen erschien der Anflug eines traurigen Lächelns.

Dann sagte sie leise: «Jetzt weiß ich, daß es etwas gibt, das höher ist als der Himmel, tiefer als das Meer und stärker als das Leben, der Tod und die Zeit. Ich weiß jetzt, was ich gestern noch nicht ahnte und wovon ich bisher nie geträumt habe.»

Von da an war Salma Karame mir lieber als ein Freund, vertrauter als eine Schwester und liebenswerter als eine Geliebte. Sie war für mich ein erhabener Gedanke, dem meine Vernunft folgte, ein edles Gefühl, das mein Herz beschirmte, und ein schöner Traum, den meine Seele träumte.

Wie töricht sind die Menschen, die glauben, daß die Liebe die Frucht eines langen Zusammenseins ist und aus ständiger Gemeinsamkeit hervorgeht. Die Liebe ist vielmehr eine Tochter des geistigen Einverständnisses, und wenn dieses Einverständnis nicht in einem einzigen Augenblick entsteht, so wird es weder in Jahren noch in Jahrhunderten entstehen.

Salma hob ihren Kopf und schaute in den fernen Horizont, wo die Gipfel des Sannin an den Saum des Himmels reichten, und sie sagte: «Gestern noch warst du für mich wie ein Bruder, dem ich mich zuversichtlich näherte und neben den ich mich niederließ unter den Fittichen meines Vaters; jetzt aber habe ich dir gegenüber ein anderes Gefühl, das stärker und süßer ist als die Beziehungen unter Geschwistern; es ist ein neues, merkwürdiges Gefühl, das mir noch unbekannt ist, ein starkes Gefühl, süß und beängstigend zugleich, das mein Herz mit Freude und Trauer erfüllt.»

Ich fragte sie: «Ist es das Gefühl, das wir fürchten und das uns erzittern läßt, wenn es sich unseres Herzens bemächtigt; das Gefühl, das ein Teil des universellen Gesetzes ist, das den Mond um die Erde kreisen läßt, die Erde um die Sonne und die Sonne mit allem, was sie umgibt, um Gott?»

Sie legte ihre Hand auf meinen Kopf und liebkoste mit ihren Fingern meine Haare; ihr Gesicht strahlte, und in ihren Augen standen Tränen, wie Tautropfen, die vom Rand der Blütenblätter einer Narzisse perlen.

«Wer von den Menschen kann unsere Geschichte glauben», sagte sie. «Wer von ihnen kann sich vorstellen, daß wir in der Stunde, die zwischen dem Sonnenuntergang und dem Aufgang des Mondes liegt, die Hindernisse überwanden und die Furten durchquerten, die zwischen Zweifel und Sicherheit bestehen. Wer von ihnen kann glauben, daß der April, der uns zum erstenmal begegnen ließ, derselbe Monat ist, der uns ins Allerheiligste des Lebens führte?»

Während sie diese Worte sprach, lag ihre Hand immer noch auf meinem Kopf, und wenn ich in diesem Moment hätte wählen können, so hätte ich weder die Kronen der Könige noch einen Lorbeerkranz dieser seidenweichen Hand vorgezogen, die mit meinen Haaren spielte. Ich antwortete ihr: «Es ist wahr, die Menschen werden unsere Geschichte nicht glauben, denn sie wissen nicht, daß die Liebe die einzige Blume ist, deren Wachsen und Blühen sich nicht den Jahreszeiten unterwirft. Aber war es wirklich der April, der uns zum erstenmal vereinte? War es diese Stunde, die uns ins Allerheiligste eintreten ließ? War es nicht vielmehr die Hand Gottes, die uns schon vereint hatte, bevor die Geburt uns zu Gefangenen der Tage und Nächte machte? Das Leben der Menschen, Salma, beginnt nicht im Mutterleib, ebenso wie es nicht im Grab endet. Dieses weite Firmament, das jetzt erfüllt ist vom Licht des

Mondes und der Sterne, ist bevölkert von Geistern, die sich in Liebe umfangen, und von Seelen, die im gegenseitigen Einverständnis verschmelzen.»

Als Salma ihre Hand von meinem Kopf nahm, spürte ich eine elektrisierende Vibration in meinen Haarwurzeln und den kühlen Nachtwind. Ich ergriff ihre Hand wie ein Frommer, der eine geweihte Reliquie berührt, und drückte meine brennenden Lippen darauf in einem Kuß, der alle menschlichen Gefühle enthielt und alle göttlichen Tugenden der Seele weckte.

So verging eine Stunde, von der jede Minute wie ein Jahr voller Liebe und Leidenschaft war. Die Stille der Nacht umgab uns, das silberne Mondlicht hüllte uns ein, und Bäume und Blumen umstanden uns. Wir befanden uns in einem Zustand, in dem der Mensch alles andere vergißt außer der Liebe. Da hörten wir plötzlich das Geklapper von Pferdehufen und das Geräusch der Räder einer Kutsche, die sich schnell näherte. Wir erwachten aus unserer süßen Bewußtlosigkeit, und dieses plötzliche Erwachen ließ uns aus einer Welt der Träume in die Welt der Verwirrung und des Elends hinabstürzen. Salmas Vater kehrte also zurück aus der Residenz des Bischofs, und wir gingen ihm unter den Bäumen entgegen.

Als die Kutsche den Eingang zum Garten erreicht hatte, stieg Fares Karame aus; mit langsamen Schritten und gesenktem Kopf kam er auf uns zu, wie erschöpft unter einer bedrückenden Last; er wandte sich Salma zu, legte beide Hände auf ihre Schultern und sah sie lange an, als ob er befürchte, daß ihr Bild sich seinen Blicken entziehen könnte. Während Tränen über seine faltigen Wangen liefen, sagte er mit einem traurigen Lächeln: «Bald, meine liebe Salma, bald wirst du aus den Armen deines Vaters in die Arme eines anderen Mannes überwechseln. Das Gesetz Gottes wird dich aus diesem einsamen, abgelegenen Haus auf die Bühne der großen Welt führen. Dieser Garten wird deine Schritte vermissen, und dein Vater wird dir fremd werden. Heute hat sich dein Schicksal entschieden, Salma. Möge der Himmel dich segnen und behüten!»

Als Salma diese Worte hörte, veränderten sich ihre Gesichtszüge; ihr Blick erstarrte, als ob sie den Tod vor Augen gesehen hätte, der sich vor ihr aufrichtete. Dann schrie sie wie ein Vogel, der auf der Jagd von einem Pfeil getroffen wird und verwundet in die Tiefe stürzt. Schließlich rief sie mit gequälter Stimme: «Was willst du damit sagen, Vater? Was hast du mit mir vor? Wohin willst du mich schicken?» Dabei sah sie ihn eindringlich an, als ob sie mit ihren Blicken das Geheimnis in seinem Innern enthüllen wollte. Nach einer Weile beklemmender Stille, die dem Schrei der Gräber vergleichbar war, sagte sie mit schwacher Stimme: «Jetzt habe ich alles verstanden: Der Bischof hat die Stäbe des Käfigs geschmiedet für diesen Vogel mit gebrochenen Flügeln. Ist das dein Wille, mein Vater?»

Seine Antwort war ein tiefer Seufzer. Dann nahm er sie an die Hand und führte sie ins Haus. Ich blieb unter den Bäumen zurück, und ein Gefühl der Verwirrung und Ohnmacht ergriff mich wie ein Sturm, der die Herbstblätter aufwirbelt. Ich folgte den beiden ins Haus. Um nicht als Eindringling zu erscheinen, der seine Neugier befriedigen und Erkundigungen einziehen möchte, nahm ich Fares Karames Hand, um mich von ihm zu verabschieden. Und wie ein Ertrinkender blickte ich Salma an, der mit einem letzten Blick das leuchtende Gestirn an der Himmelskuppel umkreist, bevor ihn die Wellen verschlingen. Ich hatte das Gartentor noch nicht erreicht, da

hörte ich Fares Karames Stimme, die mich rief. Als ich mich umdrehte, sah ich, daß er mir gefolgt war, und ging ihm entgegen. Er nahm meine Hand und sagte mit matter Stimme: «Verzeih mir, mein Sohn, daß diese Nacht mit Tränen ausklingt. Ich hoffe aber, daß du mich auch künftig besuchen wirst, wenn dieses Haus leer ist und nur noch von einem unglücklichen Greis bewohnt sein wird. Zwar stimmt es, daß die heranwachsende Jugend sich normalerweise nicht den Greisen zugesellt, ebenso wie der Morgen sich nicht mit dem Abend trifft. Du aber wirst eine Ausnahme machen und zurückkommen. Du wirst mich an die Zeit der Jugend erinnern, die ich mit deinem Vater verbracht habe, du wirst mir mitteilen, was sich draußen im Leben abspielt, das mich nicht mehr zu seinen Söhnen zählen wird. Nicht wahr, du wirst mich auch weiterhin besuchen, wenn Salma das Haus verlassen haben wird und ich allein und einsam zurückbleibe in diesem abgelegenen Haus?»
Die letzten Worte sprach er mit gebrochener Stimme, und als ich seine Hand nahm und sie schweigend schüttelte, fühlte ich heiße Tränen auf meine Hand tropfen. Meine Seele zitterte, und ich empfand ihm gegenüber das zugleich schmerzliche und süße Gefühl eines Sohnes. Als ich meinen Kopf hob und ihn anblickte, sah er, daß seine Tränen mich zum Weinen gebracht hatten. Er beugte sich ein wenig zu mir herab und berührte meine Stirn mit seinen Lippen. Dann sagte er mit einem Blick zum Haus: «Gute Nacht, mein Sohn! Gute Nacht!»
Eine einzige Träne, die auf dem gefurchten Gesicht eines alten Mannes glänzt, beeindruckt uns stärker als solche, die ein junger Mensch vergießt, denn die Tränen der Jugend sind zahllos, und sie bedeuten das Überborden sen-

sibler Seelen, die Tränen der Greise hingegen sind ein Rest des Lebens in ihren kraftlosen Körpern, der aus ihren Augen tropft. Die Tränen der Jugend sind wie Tautropfen auf den Blütenblättern der Rose, während die Tränen auf einem Greisengesicht gelben Herbstblättern gleichen, die der Wind zerstreut und davonträgt, wenn der Winter des Lebens naht.

Fares Karame verschwand hinter den Türflügeln, und ich verließ den Garten, während Salmas Stimme in meinen Ohren nachhallte, ihre Schönheit wie eine Vision vor meinen Augen stand und die Tränen ihres Vaters auf meiner Hand allmählich trockneten.

Ich verließ den Garten, wie Adam das Paradies verließ, mit dem Unterschied, daß die Eva meines Herzens nicht an meiner Seite ging, um aus der Welt ein neues Paradies zu schaffen. Beim Verlassen dieses Ortes fühlte ich, daß ich in dieser Nacht, in der ich wiedergeboren war, zum erstenmal in das Gesicht des Todes geblickt hatte.

So belebt die Sonne die Felder durch ihre Strahlen, und gleichzeitig versengt sie sie durch ihre Hitze.

Der Feuersee

Alles, was der Mensch insgeheim im Schutz der nächtlichen Finsternis tut, wird einmal ans Tageslicht gelangen. Die Worte, die unsere Lippen unhörbar flüstern, werden zum allgemeinen Gesprächsthema, und unsere Handlungen, die wir in die äußersten Winkel unserer Häuser verbannen, werden sich morgen vielfach vergrößert an allen Straßenecken aufrichten.

So geschah es auch mit der nächtlichen Unterredung zwischen Fares Karame und dem Bischof Boulos Galib. Die Schatten der Finsternis lichteten sich und enthüllten die Absichten, die der Bischof mit diesem Treffen verfolgte. Der Äther verbreitete den Inhalt dieses Gesprächs in alle Stadtteile, bis die Kunde auch an mein Ohr drang.

Bei der Zusammenkunft mit Fares Karame in dieser mondhellen Nacht ging es dem Bischof Boulos Galib nicht etwa darum, über die Lage der Armen und Bedürftigen zu verhandeln oder die Angelegenheiten der Witwen und Waisen zu besprechen. Nein, er ließ Fares Karame in seinem privaten Fahrzeug zu sich kommen, weil er dessen Tochter Salma mit seinem Neffen Mansour Bey Galib zu vermählen wünschte.

Fares Karame war ein sehr reicher und begüterter Mann, der keinen anderen Erben außer seiner Tochter Salma besaß. Der Bischof hatte sie als Gemahlin für seinen Neffen erwählt, nicht wegen der ausdrucksvollen Schönheit ihres Gesichts und dem Adel ihres Geistes, sondern weil sie reich war und auf diese Weise durch ihren Reichtum Mansour Bey zu Macht und Ansehen verhelfen konnte und ihm durch ihre Besitztümer einen hohen Rang in der guten Gesellschaft Beiruts sichern konnte.

Die religiösen Führer im Orient begnügen sich nicht mit dem, was sie persönlich an Ehre und Macht besitzen, sondern sie tun alles, was in ihrer Macht steht, um ihre zahlreichen Verwandten und Familienmitglieder zu Vermögen und Einfluß zu verhelfen, sie mit Ämtern zu versehen und sie als Herrscher und Vorsteher einzusetzen. Während die Prinzenwürde bei dessen Tod aufgrund der Erbschaftsgesetze lediglich auf seinen ältesten Sohn übergeht, werden Amt und Ehren eines religiösen Würdenträgers wie durch eine Epidemie auf sämtliche Brüder und Neffen übertragen, und nicht erst nach seinem Tod, sondern schon zu Lebzeiten. Der christliche Bischof, der muslimische Imam und der brahmanische Priester sind wie Schlangen und Nattern für ihre Untertanen, die mit vielen Fängen ihre Beute ergreifen und mit zahlreichen Mäulern ihr Blut aussaugen.

Als Bischof Boulos Galib bei Fares Karame um die Hand seiner Tochter Salma für seinen Neffen anhielt, war die einzige Antwort des Scheichs ein tiefes Schweigen, in das sich heiße Tränen mischten. Welchem Vater ist die Trennung von seiner Tochter nicht unerträglich, selbst wenn sie nur in das Haus des Nachbars zieht oder gar in das Schloß des Königs? Welcher Vater leidet nicht unsägliche Qualen, wenn das Gesetz ihn von seiner Tochter trennt, mit der er spielte und scherzte, als sie noch ein Kind war, deren Ausbildung und Erziehung er später überwachte und die er zur Frau heranreifen sah? Die Trauer der Eltern bei der Hochzeit ihrer Tochter ist so groß wie die Freude

bei der Hochzeit eines Sohnes, denn durch sie wird die Familie um ein neues Mitglied bereichert, während man bei der Hochzeit einer Tochter ein vertrautes, geliebtes Familienmitglied scheiden sieht.
Nur unwillig entsprach der Scheich darum der Bitte des Bischofs und nur widerstrebend beugte er sich seinem Willen. In seinem Innern sträubte sich alles gegen diese Verbindung, denn er war Mansour Bey schon begegnet und hatte manches über ihn gehört; seine Skrupellosigkeit, seine Unersättlichkeit und sein unsteter Charakter waren ihm nicht unbekannt. Aber welcher Christ könnte im Libanon einem Bischof Widerstand leisten und trotzdem sein Gesicht in der Gemeinde bewahren? Wer könnte es im Orient wagen, einem religiösen Führer zuwiderzuhandeln, ohne dabei sein Ansehen bei den Menschen zu verlieren? Kann sich das Auge dem Pfeil widersetzen, ohne durchbohrt zu werden, kann die bloße Hand mit einem Schwert ringen, ohne zerstückelt zu werden?
Nehmen wir an, daß Fares Karame dem Bischof zuwidergehandelt und sich seinen Forderungen widersetzt hätte: Wäre der Ruf seiner Tochter dann vor bösen Zungen und übler Nachrede bewahrt geblieben? Wäre ihr Name nicht vielmehr durch Verleumdungen und Bezichtigungen beschmutzt worden? Sind nicht alle Trauben, die in unerreichbarer Höhe hängen, nach der Meinung des Fuchses sauer und ungenießbar?
So nahm das Schicksal Salma an die Hand und führte sie wie eine Sklavin in den Reigen der unglücklichen, orientalischen Frauen, ihr Geist verfing sich in den Fallstricken, nachdem er zuerst auf den Flügeln der Liebe am mondbeschienenen Firmament schwebte, das erfüllt war vom Duft der Blumen und Blüten.

In vielen Ländern ist der Reichtum der Väter eine Ursache für das Leid der Kinder. Die geräumigen, kostbaren Schatzkästen, die der Eifer der Väter füllt und die die Mütter aufbewahren, werden für die Erben zum engen, finsteren Gefängnis. Der allmächtige Gott «Dinar»[1], den die Menschen anbeten, hat sich in einen furchtbaren Dämon verwandelt, der die Seelen foltert und die Herzen tötet. Salma Karame war wie die meisten Frauen ihrer Zeit ein Opfer des Reichtums ihres Vaters und des Ehrgeizes ihres Bräutigams. Wäre Fares Karame kein reicher Mann gewesen, so lebte Salma heute noch und könnte sich wie wir am Licht der Sonne erfreuen.

Eine Woche verging und Salmas Liebe begleitete mich am Abend, indem sie mir heitere Lieder sang, sie weckte mich am Morgen und offenbarte mir den Sinn des Lebens und die Geheimnisse der Schöpfung. Die himmlische Liebe kennt keine Eifersucht, denn sie ist überreich; sie fügt dem Körper keine Schmerzen zu, denn sie lebt im Geist und durch den Geist. Es ist eine tiefe Zuneigung, welche die Seele mit Heiterkeit erfüllt, ein Hunger nach Einklang und Harmonie, der sich des Herzens bemächtigt, ein Gefühl, das die Sehnsucht in unseren Seelen weckt, ohne sie zu beunruhigen; sie läßt uns die Erde als Paradies erscheinen und das Leben als einen schönen Traum. Wenn ich morgens durch die Felder ging, erblickte ich im Erwachen der Natur ein Symbol der Unsterblichkeit; ich setzte mich an die Küste des Meeres und hörte die Wellen das Lied der Ewigkeit singen. Ich lief durch die Straßen der Stadt und empfand beim Anblick der geschäftigen Menschen Lebensglück und Lebensfülle.

[1] Geldwährung

Jene Tage vergingen wie Schatten, wie die Wolken am Himmel lösten sie sich in Nichts auf, und mir blieb nur die schmerzliche Erinnerung. Die Augen, die sich an der Schönheit des Frühlings berauscht hatten und am Erwachen der Natur, erblickten jetzt nichts als den Zorn des Sturmes und die Verzweiflung des Winters. Die Ohren, die dem Gesang der Wellen gelauscht hatten, hörten nur noch das Heulen und Klagen in den Abgründen. Und meine Seele, die den Eifer und die Geschäftigkeit der Menschen bewundert hatte, und ihre ruhmvollen zivilisatorischen Leistungen hochgeschätzt hatte, empfand nur noch die Not der Armen und die Verzweiflung der Gescheiterten. Was ist schöner als die Tage der Liebe und süßer als ihre Träume? Was ist bitterer als die Nächte der Traurigkeit und bedrückender als ihre Alpträume?
Am Ende der Woche, als meine Seele trunken war vom Wein der Gefühle, begab ich mich abends zum Haus von Salma Karame, zu jenem Tempel, den die Schönheit errichtet und die Liebe geweiht hatte, in dem die Seele betend niederkniete und das Herz sich demütig verbeugte. Als ich dort angelangt war und den stillen Garten betrat, fühlte ich, wie mich eine Kraft aus dieser Welt entrückte und mich in eine übernatürliche Welt versetzte, voller Zauber und Magie und frei von Kampf und Streit. Und wie ein Mystiker, den der Himmel zum Schauplatz einer Vision führt, so fand ich mich wieder unter jenen ineinanderverflochtenen Baumkronen inmitten der duftenden Blumen.
Als ich mich der Haustür näherte, sah ich Salma, die auf der Holzbank im Schatten des Jasmin saß, wo wir vor einer Woche Seite an Seite gesessen hatten, in jener unvergeßlichen Nacht, welche die Gottheit ausgewählt hatte als

Anbeginn meines Glückes und meines Unglücks. Als ich mich ihr näherte, schwieg sie; sie verharrte unbeweglich und stumm, als ob sie mein Kommen erwartet hätte. Als ich mich an ihrer Seite niederließ, sah sie mich an und seufzte; dann blickte sie zum fernen Firmament, wo sich der Beginn der Nacht und das Ende des Tages begegneten. Nach einer Weile, die erfüllt war von jenem geheimnisvollen Schweigen, das die Seelen vereint im Reigen der unsichtbaren Geister, wandte Salma mir ihr Gesicht zu, nahm meine Hand in ihre kalten Hände und sagte mit einer Stimme, die dem Stöhnen eines Verhungernden glich, der keine Kraft mehr zum Sprechen hat: «Schau mein Gesicht an, mein Freund, betrachte es gut und lies darin alles, was du von mir wissen willst, Geliebter!»
Ich betrachtete ihr Gesicht aufmerksam. Ich sah, daß ihre Augenlider, die noch vor wenigen Tagen wie Lippen gelächelt und sich wie die Flügel der Nachtigallen bewegt hatten, jetzt starr und eingefallen und vom Schatten des Kummers verhüllt waren; ich betrachtete ihre Haut, die sich gestern noch wie die weißen Blütenblätter einer Lilie ausnahm, welche die Sonne küßt; heute war sie gelblich und matt und bedeckt mit einem Schleier der Verzweiflung. Ich sah ihre Lippen, die gestern noch Blumenkelchen geglichen hatten, aus denen Süßigkeit strömte und die heute vertrocknet schienen wie welke Rosen, die der Herbst am Ende des Zweiges übriggelassen hat. Und ich betrachte ihren Hals, der gestern noch wie eine Säule aus Elfenbein aufgerichtet gewesen war und der sich nun beugte unter der Last all dessen, war ihr durch den Kopf ging.
Ich sah all diese schmerzlichen Veränderungen in Salmas Gesicht, aber sie waren für mich nichts anderes als eine

leichte Wolke, die am Mond vorbeizieht und die Schönheit und Würde seines Aussehens nur vermehrt. Gesichtszüge, welche die Geheimnisse unserer Seele enthüllen, verleihen einem Gesicht Schönheit und Anmut, selbst wenn diese seelischen Geheimnisse schmerzlich und leidvoll sind. Gesichter hingegen, die – Masken gleich – verschweigen, was in ihrem Innern vorgeht, entbehren jeglicher Schönheit, selbst wenn ihre äußeren Formen vollkommen symmetrisch und harmonisch sind. Ebenso wie Gläser unsere Lippen nur anziehen, wenn durch das kostbare Kristall die Farbe des Weins hindurchschimmert. Salma Karame war an diesem Abend wie ein Glas, gefüllt mit himmlischem Wein, in dem sich Tropfen der Bitterkeit des Lebens mit der Süße der Seele mischten. Ohne daß sie sich dessen bewußt wurde, repräsentierte sie die orientalische Frau, die das Haus ihres geliebten Vaters verläßt, um ihren Nacken unter das Joch eines herrschsüchtigen Ehegemahls zu beugen, und die aus den Armen ihrer geliebten Mutter scheidet, um sich der Tyrannei einer unerbittlichen Schwiegermutter auszusetzen.

Ich fuhr fort, Salmas Gesicht zu betrachten und ihren Seufzern zu lauschen in nachdenklichem Schweigen, ich litt mit ihr und für sie, bis ich den Eindruck hatte, daß die Zeit stehengeblieben war und das Universum um uns herum sich in Nichts aufgelöst hatte. Ich sah nichts anderes mehr als ihre großen Augen, die mich anschauten, und ich fühlte nichts außer ihrer kalten, zitternden Hand, die meine Hand hielt. Ich erwachte erst aus dieser Bewußtlosigkeit, als ich Salma sagen hörte: «Komm, mein Freund, versuchen wir, uns unsere Zukunft auszumalen, bevor sie uns ihre Ängste und Schrecken aufbürdet. Mein Vater ist eben zu dem Haus jenes Mannes gegangen, der mein Lebensgefährte bis zum Grab sein wird. Der Mann, den der Himmel als meinen Erzeuger erwählte, trifft sich jetzt mit dem Mann, den die Erde mir für den Rest meines Lebens zum Herrn und Gebieter bestimmte. Im Herzen dieser Stadt begegnen sich der alte Mann, der Gefährte meiner Jugend, und der junge Mann, der Gefährte der mir noch verbleibenden Jahre meines Lebens. In dieser Nacht werden mein Vater und mein Verlobter den Hochzeitstermin vereinbaren, der in jedem Fall zu früh sein wird, selbst wenn er noch in weiter Ferne läge! Wie merkwürdig ist diese Stunde und wie stark sind ihre Eindrücke! In der gleichen Nacht vor einer Woche im Schatten desselben Jasmin begegnete meine Seele zum erstenmal der Liebe, während das Schicksal schon im Hause des Bischofs Boulos Galib das erste Wort meiner Lebensgeschichte schrieb. In der nämlichen Stunde sitzen mein Vater und mein Verlobter zusammen, um die Brautkränze zu flechten, während du an meiner Seite sitzt und ich deinen Atem spüre, der wie ein durstiger Vogel flatternd über einer Quelle frischen Wassers kreist, die eine giftige Schlange bewacht. Wie gewaltig ist diese Nacht und wie tief ist ihr Geheimnis!»

Es schien mir, als ob das dunkle Gespenst der Verzweiflung unsere Liebe bedrohte und sie im Erblühen zu erstikken suchte. Ich entgegnete ihr: «Dieser Vogel wird so lange über der Wasserquelle kreisen, bis er verdurstet oder bis die giftige Schlange ihn vernichtet.»

Mit einer Stimme, die wie die Saiten einer Laute vibrierte, widersprach Salma: «Nein, mein Freund, dieser Vogel muß weiterleben und sein Lied singen, bis der Tag zur Neige geht, bis der Frühling endet, bis die Welt untergeht und unsere Zeit abläuft. Laß ihn nicht verstummen, denn seine Stimme gibt mir Mut zum Leben, und laß ihn seine Flügel schwingen, denn ihr Flattern entfernt die dunklen Wolken von meinem Herzen.»

«Der Durst wird ihn erschöpfen, Salma, und die Angst wird ihn verzehren», sagte ich leise.

Sie erwiderte, wobei sich ihre Worte überstürzten: «Der Durst der Seele ist qualvoller als der Durst, der sich mit Getränken stillen läßt, und die Angst der Seele ist qualvoller als die Sorge um die Sicherheit des Leibes. Hör mir gut zu, mein Geliebter: Ich stehe an der Schwelle eines neuen Lebens, von dem ich nichts weiß. Ich bin wie ein Blinder, der sich mit seinen Händen die Mauer entlang tastet, aus Furcht davor, zu fallen. Ich bin eine Sklavin, die der Reichtum ihres Vaters auf den Sklavenmarkt gebracht hat, wo mich einer der Käufer erstanden hat. Ich liebe diesen Mann nicht, denn ich kenne ihn nicht, und du weißt, daß die Liebe und die Unkenntnis einander ausschließen. Aber ich werde es lernen, ihn zu lieben, ich werde mich ihm jedenfalls fügen, werde ihm dienen und ihn glücklich zu machen versuchen. Ich werde alles tun, was in meiner Macht steht, um ihn zu lieben – soweit eine schwache Frau einen starken Mann zu lieben vermag. Du aber bist im Frühling deines Lebens! Vor dir liegt ein breiter Weg – inmitten von duftenden Blumen und blühenden Sträuchern. Er führt dich in die weite Welt, in die du dein Herz wie eine brennende Fackel hinaustragen kannst. Du kannst frei denken, sprechen und handeln. Du wirst deinen Namen ins Buch des Lebens schreiben, denn du bist ein Mann. Du kannst frei und glücklich leben, denn dich hat nicht der Reichtum deines Vaters auf den Sklavenmarkt gebracht, wo gekauft und verkauft wird. Du wirst dein Leben mit einem jungen Mädchen teilen, die du selbst ausgewählt hast. Sie wird in deinem Herzen wohnen, bevor sie in deinem Hause wohnt, und sie wird deine Gedanken teilen, bevor sie deine Tage und Nächte teilt.» Sie machte eine Atempause, dann fuhr sie fort: «Ist es nun dieser Augenblick, den das Schicksal gewählt hat, um unsere Lebenswege zu trennen, um dich zu Ruhm und Ansehen der Männer zu führen und mir – wie allen Frauen – den Weg der Pflichterfüllung zuzuweisen? Endet so der wunderbare Traum, den ich geträumt habe? Wird er von der tristen Wirklichkeit verscheucht? Geht das Lied der Amsel im Lärm unter, und zerstreut der Sturm die Blütenblätter der Rose? Werden die Weingläser mit Füßen zertreten? Sag mir, war jene Nacht im Angesicht des Mondes sinnlos? War der Einklang unserer Seelen im Schatten des Jasmin umsonst? Sind wir zu schnell zu den Sternen emporgestiegen, so daß unsere Flügel ermatteten und wir in den Abgrund stürzten? Haben wir die schlafende Liebe zu früh geweckt, daß sie uns nun für die Störung bestraft? Hat die Erregung unserer Seelen die Brise der Nacht in einen Sturm verwandelt, der uns wie Staubkörner in die Tiefen des Tales wehte? Wir haben weder ein Gebot übertreten noch eine verbotene Frucht gekostet. Warum werden wir aus dem Paradies vertrieben? Wir haben keine Verschwörung angezettelt und keine Rebellion angestiftet. Wieso werden wir in die Hölle verwiesen? Nein, tausendmal nein, die Augenblicke, die unsere Seelen vereinten, sind mächtiger als Jahrhunderte, und das Licht, das unsere Seelen erhellte, ist stärker als die Finsternis. Und wenn die Stürme uns auf hoher See trennen, so werden uns die Wellen gemeinsam an die stille Küste spülen. Und wenn dieses Leben uns tötet, so wird der Tod uns neues Leben schenken.

Wahrlich, das Herz einer Frau ändern weder die Zeit noch die Jahreszeiten. Das Herz einer Frau kämpft ohne aufzugeben. Es ist ein Feld, auf dem der Mann seine Schlachten austrägt; er entwurzelt seine Bäume, verbrennt seine Pflanzen und befleckt seine Felsen mit Blut; er pflanzt Knochen und Totenschädel in seine Erde. Sie aber bleibt ruhig und zuversichtlich; der Frühling bleibt für sie ein Frühling und der Herbst ein Herbst!
Was sollen wir nun tun, da das Schicksal über uns entschieden hat», fragte sie, «wie trennen wir uns, wie sehen wir uns wieder? Sollen wir die Liebe, die uns verband, als einen fremden Gast betrachten, der am Abend kam und am Morgen weiterging? Sollen wir die Gefühle, die wir füreinander empfanden, als einen Traum erachten, der uns im Schlaf erschien und sich beim Erwachen verflüchtigte? Oder sollen wir diese Woche als eine Stunde der Trunkenheit ansehen, die der Ernüchterung Platz machte? Laß mich in deine Augen sehen, Geliebter! Öffne deine Lippen und laß mich deine Stimme hören! Sag mir, wirst du dich an mich erinnern, wenn die Stürme dein Schiff von dem meinen entfernt haben? Wirst du das Rascheln meiner Flügel in den Nächten hören? Wirst du meinen Atem spüren, der dein Gesicht und deinen Hals umspielt? Wirst du die Seufzer hören, die meinen Schmerz erleichtern und meine Qual verringern? Wirst du meinen Schatten sehen, der mit der Finsternis naht und sich im Morgennebel wieder auflöst?
Sag mir, Geliebter, was du für mich sein wirst, nachdem du das Licht meiner Augen warst, eine Melodie für meine Ohren und die Flügel meiner Seele? Was wirst du in Zukunft für mich sein?»
Ich antwortete ihr, und meine Blicke verrieten die Liebe,

die ich für sie empfand: «Ich werde das sein, Salma, was du von mir wünschst.»
Sie entgegnete: «Ich möchte, daß du mich liebst, daß du mich bis ans Ende meiner Tage liebst. Ich möchte, daß du mich liebst, wie ein Dichter seine schwermütigen Gedanken liebt. Ich wollte, daß du dich meiner erinnerst, wie sich ein Reisender an einen klaren Gebirgsbach erinnert, in dem er sein Ebenbild entdeckte, bevor er von seinem Wasser trank. Ich wollte, daß du dich meiner entsinnst, wie sich eine Mutter an ihr Kind erinnert, das in ihrem Schoß starb, bevor es das Licht der Welt erblickte. Ich wollte, daß du an mich denkst, wie ein gnädiger König an einen Gefangenen denkt, der starb, bevor seine Begnadigung ihn erreichte.
Ich möchte, daß du mir ein Bruder bleibst, ein Freund und Gefährte. Ich wünschte, daß du meinen Vater besuchst, wenn er einsam und allein ist, denn ich werde ihn bald verlassen und eine Fremde für ihn werden.»
Ich antwortete ihr: «All das werde ich für dich tun, Salma! Ich werde aus meinem Geist eine Zuflucht für den deinen machen, aus meinem Herzen ein Haus für das deine und aus meiner Brust ein Grab für deine Trauer. Ich werde dich lieben, Salma, wie die Felder den Frühling lieben. Ich werde in dir leben, wie die Blumen in den Strahlen der Sonne leben. Ich werde deinen Namen singen, wie die Täler das Echo der Glocken der Dorfkirchen verbreiten. Ich werde den Geschichten deiner Seele lauschen, wie die Küste dem Lied der Wellen lauscht. Ich werde an dich denken, Salma, wie der Flüchtling an seine Heimat denkt, wie sich der Hungrige an ein Festmahl erinnert, zu dem er geladen war, wie ein entthronter König sich an die Zeit seiner Machtausübung erinnert, wie ein Gefangener sich der

Stunden der Freiheit entsinnt. Ich werde an dich denken, Salma, wie der Sämann an die Korngarben denkt, die er ernten wird, wie der gute Hirte an die grünen Felder und an das Wasser der Tränken und Quellen denkt.»

Während ich sprach, blickte Salma in die Tiefe der Nacht, von Zeit zu Zeit seufzte sie, die Pulsschläge ihres Herzens gingen bald schnell, bald langsam wie die Wellen des Meeres bei Ebbe und Flut. Dann sagte sie: «Morgen wird unsere Wirklichkeit nur noch ein Bild der Erinnerung sein und das Wachen ein Traum. Kann sich ein Liebender damit begnügen, ein Bild zu umarmen? Kann ein Durstiger seinen Durst am Wasser einer Quelle stillen, die nur in seiner Vorstellung existiert?»

Ich erwiderte: «Morgen wird das Schicksal dir einen Platz in einer ruhigen, wohlhabenden Familie zuweisen, Salma, und mir einen Platz in der Welt inmitten von Kampf und Krieg. Du wirst im Hause eines Mannes wohnen, den deine Schönheit und die Reinheit deiner Seele glücklich machen; ich hingegen werde mich an einem Ort befinden, dessen Tage mich bedrücken und dessen Nächte mir Furcht einjagen. Du gehst dem Leben entgegen und ich der Agonie. Du wirst in Gesellschaft leben und ihre Abwechslungen und Vergnügungen genießen, während ich einsam und abgeschieden leben werde. Doch im Tal der Todesschatten werde ich der Liebe ein Denkmal setzen und sie anbeten.

Die Liebe wird meine einzige Vertraute sein: ich werde ihr lauschen wie einer Hymne, ich werde sie schlürfen wie Wein und mich mit ihr bekleiden wie mit einem Gewand. Beim Morgenrot wird die Liebe mich aus meinem Schlaf wecken und mich hinaus in die Natur locken. Am Mittag wird sie mir einen schattigen Platz unter den Bäumen auswählen, wo ich zusammen mit den Vögeln vor der Hitze der Sonne Schutz suchen werde. Am Abend wird sie mit mir dem Sonnenuntergang beiwohnen. Wir werden dem Gesang lauschen, mit dem die Natur das Sonnenlicht verabschiedet, und sie wird mir die Geister der Stille zeigen, die im Raum schweben. In der Nacht wird sie mich in ihren Armen in den Schlaf wiegen, und ich werde von himmlischen Welten träumen, wo die Seelen der Liebenden und der Dichter wohnen.

Im Frühling werde ich Seite an Seite mit der Liebe in die Natur wandern; singend werden wir Täler und Hügel durchstreifen und die Spuren des Lebens suchen, in denen Veilchen und Anemonen wachsen, und wir werden den Regen aus den Kelchen der Narzissen und Lilien trinken. Im Sommer werden die Liebe und ich unsere Häupter auf gebündeltes Stroh betten, das Gras wird unser Lager sein und der Himmel unsere Decke, und wir werden mit Mond und Sternen wachen. Im Herbst werden die Liebe und ich die Weingärten aufsuchen. Wir werden uns in die Nähe der Weinpresse setzen und die Weinreben betrachten, die ihr goldenes Gewand ablegen, und wir werden den Vogelscharen nachschauen, die zur Küste fliegen. Im Winter werden die Liebe und ich am Kamin sitzen, und wir werden uns die Zeit vertreiben mit Geschichten aus alten Zeiten und mit Berichten anderer Völker und Nationen.

In der Jugend wird mir die Liebe eine Lehre sein, die mich anleitet, recht zu handeln. Als Erwachsener wird sie mir eine Hilfe sein. Und in meinem Alter wird sie mein Glück sein. Die Liebe wird mich bis ans Ende meines Lebens begleiten, Salma, bis zu meinem Tod, bis Gott mich mit dir vereint.»

All diese Worten sprühten aus den Tiefen meiner Seele hervor wie Feuerflammen, die sich vervielfältigen und sich dann in den Winkeln des Gartens in nichts auflösten. Salma lauschte mir, während Tränen aus ihren Augen tropften, als ob ihre Lider Lippen seien, die auf meine Worte antworteten.

Diejenigen, denen die Liebe keine Flügel verlieh, werden nicht imstande sein, über die Wolken zu fliegen, um diese Zauberwelt zu schauen, in der mein und Salmas Geist in dieser Stunde schwebten, deren Freuden schmerzvoll und der Schmerzen freudvoll waren. Diejenigen, die die Liebe nicht zu ihren Jüngern erkor, können ihre Sprache nicht verstehen, und für sie ist diese Geschichte nicht geschrieben. Denn selbst wenn sie den Sinn dieser unzureichenden Seiten verstünden, wäre es ihnen doch nicht möglich, zu sehen, was sich hinter diesen Zeilen verbirgt an Träumen und Bildern, die sich mit Tinte und Papier nicht ausdrükken lassen.

Doch welcher Mensch hätte nicht einmal von dem Wein der Liebe gekostet? Welche Seele wäre nie ehrfürchtig in diesen lichten Tempel getreten, den die Liebe des Herzens baute und über den die Geheimnisse und Träume der Liebe sich als Kuppel wölben. Auf die Blätter welcher Blume sendet der Morgen denn keine Tautropfen? Und welcher Fluß findet nicht den Weg zum Meer, auch wenn er sich unterwegs verirrt?

Salma blickte mit großen Augen in den Sternenhimmel hinauf, streckte ihre Hände aus und rief, wobei man auf ihrem bleichen Gesicht Schmerz und Verzweiflung, die Spuren der unterdrückten Frau, ablesen konnte: «Herr, was hat die Frau getan, um deinen Zorn zu verdienen? Welche Schuld hat sie begangen, so daß du ihr bis zum

Ende der Zeiten zürnst? Ist ihr Verbrechen so abscheulich und grenzenlos, daß deine Strafe dafür endlos ist?
Du bist stark, Herr, und sie ist schwach, warum vernichtest du sie durch grenzenloses Leid? Du bist gewaltig, und sie kriecht im Staub vor deinem Thron, warum zertrittst du sie mit deinen Füßen? Du bist ein gewaltiger Sturm, während sie einem winzigen Staubkorn vor deinem Angesicht gleicht, warum bläst du sie auf diese eisige Erde?
Du bist machtvoll, und sie ist armselig, warum bekämpfst du sie noch?
Du bist der Allwissende, und sie ist in Irrtum verfallen, warum richtest du sie noch zugrunde?
Du hast sie in Liebe erschaffen, warum vernichtest du sie durch die Liebe?
Mit deiner Rechten erhebst du sie zu dir, und mit deiner Linken stößt du sie in den Abrund, und sie weiß weder warum sie erhöht noch warum sie verstoßen wurde.
Du hauchtest ihr den Geist der Liebe ein, und gleichzeitig sätest du die Samen des Todes in ihr Herz.
Du zeigtest ihr den Weg des Glückes, und dann schicktest du sie auf den Pfad des Unglücks, das sie wie eine Beute jagt.
Du senktest ein Freudenlied in ihre Kehle, dann ließest du die Trauer ihre Lippen schließen und den Kummer ihre Zunge fesseln.
Mit deinen verborgenen Fingern lindertest du ihre Schmerzen, und mit deinen sichtbaren Fingern entwirfst du die Leiden, mit denen du ihre Freude umgibst.
Von ihrem Lager vertreibst du Ruhe und Frieden und umstellst es mit Furcht, Sorgen und Mühen.
Dein Wille erschuf in ihr Neigungen, aus denen Fehler und Makel resultieren.

Du zeigst ihr die Schönheiten der Schöpfung, und dann läßt du ihre Schönheitsliebe Hungerqualen leiden.
Du verbindest ihre Seele mit einem schönen Körper und läßt es dann zu, daß dieser Körper Erniedrigung und Verachtung trifft.
Du läßt sie das Leben aus dem Kelch des Todes trinken und den Tod aus dem Kelch des Lebens.
Du reinigst sie durch ihre Tränen, ebenso wie du sie sich in Tränen auflösen läßt.
Du nährst sie vom Brote des Mannes und sättigst den Mann durch ihre Liebe.
Herr, du öffnetest meine Augen durch die Liebe, ebenso wie du mich durch sie blendetest.
Du küßtest mich mit deinen Lippen, und dann schlugst du mich mit deiner starken Hand.
Eine weiße Rose pflanztest du in mein Herz, und um sie herum bautest du Dornen und Stacheln an.
Du vereintest meine Seele mit dem Geist eines Jünglings, den ich liebe, und mit dem Körper eines Mannes, den ich nicht kenne.
Hilf mir, stark zu sein in diesem tödlichen Kampf, und steh mir bei, daß ich treu und rein bleibe bis zu meinem Tod, damit dein Wille geschehe, Herr, und damit dein Name gepriesen sei bis zum Ende der Zeiten.»
Salma schwieg, aber ihr Gesicht blieb beredt. Dann senkte sie ihren Kopf, ließ ihre Arme hängen, ihr Körper erschlaffte, als ob die Lebenskraft sie verlassen wollte, und sie erschien mir wie ein Ast, den der Sturm geknickt hatte und der zu Boden gefallen ist, wo er vertrocknet und zertreten wird unter den Schritten der Zeit. Ich nahm ihre eisige Hand in meine Hände, berührte ihre Finger mit meinen Lidern und küßte sie mit meinen Lippen. Als ich

nach Worten suchte, um sie zu trösten, fand ich mich trostbedürftiger und bemitleidenswerter als sie. So verweilte ich schweigend und ratlos. Ich fühlte, wie die Zeit mit unseren Gefühlen spielte, und hörte mein Herz klopfen – und ich fürchtete mich vor mir selber.

Keiner von uns sprach mehr während des Restes der Nacht, denn wenn der Kummer übergroß ist, so ist er stumm. Wir verharrten schweigend und reglos wie zwei Marmorsäulen, die ein Erdbeben verschont hatte und die weit und breit alleine aufrecht standen. Keiner von uns wollte den anderen sprechen hören, denn das Gespinst unserer Nervenfibern war so hauchdünn geworden, daß schon ein wortloser Seufzer es zerrissen hätte.

Es ging auf Mitternacht zu, und wir sahen den Halbmond über dem Sannin aufgehen. Er erschien inmitten der Sterne wie das wachsfarbene Gesicht eines Toten, der in einem schwarzbezogenen Sarg aufgebahrt ist, umstanden von Kerzen, die ein gedämpftes Licht auf das Gesicht des Toten werfen. In diesem Augenblick erschien mir der Libanon wie ein Greis, den das Alter gebeugt und dem der Kummer das Rückgrat gekrümmt hat, der seine Nächte schlaflos und wachend verbringt und in der Finsternis der Nacht auf das Morgenrot harrt; er erschien mir wie ein leichtsinniger König, der auf der Asche seines Thrones sitzt zwischen den Trümmern seines Palastes. So ändern Berge, Bäume und Flüsse ihr Aussehen mit der Veränderung der Zeiten und Umstände, und so ändert sich auch der Gesichtsausdruck eines Menschen mit dem Wechsel seiner Gefühle und Gedanken. Die Pappel beispielsweise, die tagsüber einer schönen Braut gleicht, mit deren weißem Kleid der Wind spielt, erscheint am Abend wie eine Rauchsäule, die aus dem Nichts aufsteigt. Der hohe Felsen, der mittags wie ein gewaltiger Riese aussieht, der allen Schicksalsschlägen der Zeit trotzt, erscheint in der Nacht wie ein armseliger Bettler, dem als Bett die Erde dient und als Decke das Firmament.

Der Bach, den wir am Morgen wie schmelzendes Silber glitzern sehen und den wir die Lieder der Ewigkeit singen hören, erscheint uns in der Nacht wie ein Rinnsal aus Tränen, den das Tal verströmt, wobei es wie eine Witwe weint und klagt.

Und der Libanon, der mir vor einer Woche noch in all seiner Pracht und all seinem Glanz vor Augen stand, als der Mond plötzlich über dem Sannin aufging und unsere Seelen glücklich und im Einklang waren, der gleiche Libanon schien mir in dieser Nacht verbraucht, erschöpft und entkräftet, als unsere Herzen krank und verzagt waren.

Wir erhoben uns, um uns zu verabschieden, und zwischen uns standen die Liebe und die Verzweiflung wie zwei erschreckende Gespenster: während das eine seine Flügel über unseren Köpfen ausbreitete, griff das andere mit seinen Krallen nach unseren Kehlen, und während das eine grauenhaft weinte, lachte das andere spöttisch. Als ich Salmas Hand nahm und sie mit meinen Lippen berührte, schmiegte sie sich an mich und küßte den Scheitel meiner Haare; dann trat sie zurück, ließ sich auf die Holzbank fallen, schloß ihre Augen und flüsterte: «Herr, hab Mitleid mit mir und stärke die gebrochenen Flügel!»

Ich trennte mich von Salma und verließ jenen Garten. Es war mir, als hätte sich ein Schleier auf meine Sinne gesenkt, gleich dichtem Nebel, der die Oberfläche eines Sees verhüllt. Die Schatten der Bäume, die meinen Weg säumten, bewegten sich wie Spukgestalten, die aus den Spalten der Erde auftauchten, um mich zu erschrecken. Die matten Strahlen des Mondes huschten durch die Zweige, als seien sie dünne, scharfe Pfeile, welche die Geister der Djinne aus dem Weltraum gegen meine Brust schleuderten. Eine tiefe Stille umgab mich, als ob schwarze Hände finstere Schatten um mich aufhäuften.

In diesem Augenblick erschien mir alles, was mich umgab, erschreckend und beängstigend, jedes Geheimnis meiner Seele und aller Lebenssinn. Das geistige Licht, das mich die Schönheiten der Welt hatte sehen lassen und das mir die Pracht und die Fülle der Schöpfung gezeigt hatte, war zu einem Feuer geworden, dessen Flammen mein Innerstes verbrannt hatten und meine Seele in Asche hüllte.

Das süße Lied, das mich mit den Stimmen der ganzen Schöpfung vereint hatte zu einer himmlischen Hymne, hatte sich in jener Stunde in Lärm verwandelt, der furchtbarer war als das Brüllen des Löwen und schrecklicher als die Schreie der Abgründe.

Als ich mein Zimmer erreichte, warf ich mich auf mein Bett nieder wie ein Vogel, den der Pfeil eines Jägers getroffen hat und der verletzt zu Boden stürzt. Mein Geist schwankte in dieser Nacht zwischen furchtsamem Wachen und unruhigem Schlafen. Und meine Seele wiederholte die Worte Salmas: «Hab Mitleid mit mir, Herr, und stärke die gebrochenen Flügel!»

Vor dem Thron des Todes

Die Eheschließung ist heutzutage oftmals ein lächerlicher und bedauerlicher Handel, den junge Männer mit ihren Schwiegervätern abschließen. In den meisten Ländern sind die Jünglinge bei diesem Geschäft die Gewinner, während die Alten Verlust erleiden. Die jungen Mädchen hingegen werden wie eine Ware von einem Haushalt in den anderen transferiert; ihre Schönheit verblüht, und es ist ihr Los, wie alte Objekte in den finsteren Winkeln des Hauses ihr Dasein zu fristen und ihr Ende abzuwarten.
Es ist wahr, daß die moderne Zivilisation die geistigen Fähigkeiten der Frau entwickelt hat, gleichzeitig aber hat sie auch ihre Leiden vermehrt durch erhöhte Ansprüche und Forderungen der Männer. Gestern noch war die Frau eine glückliche Dienerin, heute ist sie eine unglückliche Herrin; gestern bewegte sie sich geblendet im Tageslicht, heute geht sie sehend durch die Finsternis der Nacht; sie war schön in ihrem Unwissen, hervorragend in ihrer Schlichtheit und stark in ihrer Schwäche; heute ist sie reizlos in ihrer Vielseitigkeit, oberflächlich in ihren Kenntnissen und herzlos mit all ihrem Wissen.
Wird ein Tag kommen, an dem sich in ein und derselben Frau die Schönheit und das Wissen, die Vielseitigkeit und die Tugend, die Schwäche des Körpers und die Stärke der Seele vereinen werden? Ich gehöre zu denjenigen, die davon überzeugt sind, daß der geistige Fortschritt ein im Menschen verankertes Grundgesetz ist und daß der

Mensch sich in einem langsamen, aber wirksamen Prozeß der Vollkommenheit annähert. Wenn die Frau sich nun auf einem Gebiet entwickelt und dafür auf einem anderen zurückbleibt, so ist das darauf zurückzuführen, daß der steile Pfad, der zum Bergesgipfel führt, an Schlupfwinkeln von Räubern und Wolfshöhlen vorbeiführt.

In diesem Gebirge, das der Bewußtlosigkeit gleicht, die dem Erwachen vorangeht, dessen Abhänge den Staub vergangener Jahrhunderte enthalten sowie den Samen zukünftiger Geschlechter, in diesem Gebirge gab es wohl kaum einen Ort, in dem nicht wenigstens eine Frau lebte, welche die Frau der Zukunft versinnbildlichte. In Beirut war Salma Karame das Symbol der orientalischen Frau von morgen. Doch wie viele, die ihrer Zeit vorausleben, wurde sie ein Opfer ihrer Zeit. Und wie eine Blume, die von der Strömung des Flusses mitgerissen wird, zwang man sie zu einem Leben, das sie ins Unglück stürzte.

Mansour Bey Galib und Salma wurden getraut; sie zogen in ein prächtiges Haus am Meer, das in einem Stadtviertel liegt, in dem die Wohlhabenden und Begüterten der Beiruter Gesellschaft ansässig waren. Fares Karame hingegen blieb allein in seinem abgelegenen Haus inmitten der Gärten zurück wie ein einsamer Hirte bei seinen Schafen. Die Brautzeit mit ihren fröhlichen Nächten verging, und unversehens war die Zeit verronnen, die man hier den «Honigmond» nennt und worauf gewöhnlich die «Essigmonde» folgen, so wie der Schlachtenruhm auf den Schlachtfeldern Totenschädel und Knochen zurückläßt.

Die aufwendige Prachtentfaltung, mit der im Orient Hochzeiten begangen werden, erhebt die Brautleute in schwindelnde Höhen, dem Adler gleich, der über die Wolken aufsteigt, um dann wie ein Mühlstein in die Tiefen des Meeres zu fallen. Diese Feste sind wie Schritte im Sand der Meeresküste: sobald die Wellen über sie hinwegspülen, löschen sie ihre Spuren aus.

Der Frühling verging, der Sommer folgte, und schließlich kam der Herbst. Meine Liebe für Salma wandelte sich, aus der Verliebtheit eines Jünglings am Morgen seines Lebens zu einer schönen Frau entwickelte sich eine stumme Anbetung, wie sie eine Waise seiner Mutter gegenüber empfindet, deren Seele in der Ewigkeit wohnt. Die Leidenschaft der Liebe, die mein ganzes Sein erfüllt hatte, wich einer blinden Verzweiflung, die nur sich selber sieht; während die Leidenschaft meine Augen mit Tränen gefüllt hatte, sog die Verwirrung, die aus meiner Verzweiflung entstand, das Blut aus meinem Herzen. Die Sehnsucht machte einer vollkommenen Ruhe Platz, die in ein Gebet mündete, das mein Geist dem Himmel darbrachte und worin er um Glück für Salma, um Freude für ihren Mann und um Frieden für Salmas Vater bat.

Doch mein Flehen war umsonst; Salmas Unglück konnte nur der Tod abwenden. Ihr Mann gehörte zu den Menschen, die mühelos alles erhalten, was das Leben angenehm macht, und dennoch nie gesättigt sind, sondern unaufhörlich danach trachten, das zu erlangen, was sie noch nicht besitzen, und so werden sie stets gehetzt von ihren unstillbaren Wünschen und Ansprüchen.

Auch mein Gebet um Frieden für Fares Karame war umsonst. Kaum hatte sein Schwiegersohn die Hand seiner Tochter erhalten und damit gleichzeitig das riesige Vermögen und die reichen Güter seines Schwiegervaters in Besitz genommen, da vergaß er ihn, ja er wünschte ihm sogar den Tod, um in den Besitz der ihm noch verbliebenen Güter zu kommen.

Mansour Bey stand darin in nichts seinem Onkel, dem Bischof Boulos Galib, nach, der den gleichen Charakter besaß; seine Seele war ein verkleinertes Bild der Seele des Bischofs. Es gab kaum einen wesentlichen Unterschied zwischen den beiden, außer dem, der zwischen der Heuchelei und der offen zur Schau getragenen Skrupellosigkeit besteht. Der Bischof verfolgte seine korrupten Absichten, getarnt durch seine priesterlichen Gewänder; er stillte seine Wünsche und Begierden, während er die Menschen durch das goldene Kreuz an seiner Brust blendete; sein Neffe aber tat all dies offen und unverhüllt.
Der Bischof ging morgens in die Kirche, und den Rest des Tages verbrachte er damit, den Witwen, Waisen und Einfältigen ihr Hab und Gut zu entwenden. Mansour Bey hingegen frönte den ganzen Tag seinen Begierden, und er verschaffte sich Annehmlichkeiten und Genüsse in jenen dunklen Gassen, wo die Luft gärt vom Pesthauch der Verdorbenheit.
Der Bischof stand sonntags vor dem Altar und predigte den Gläubigen, was er selber nicht befolgte; in der Woche aber verbrachte er die Zeit damit, in der Politik des Landes tätig zu sein. Sein Neffe hingegen brachte alle Tage der Woche damit zu, begünstigt durch die Autorität seines Onkels, Gewinne einzutreiben, indem er zwischen denen vermittelte, die ein einträgliches Amt anstreben, und jenen, die durch skrupellosen Ehrgeiz an die ersten Plätze gelangt sind. Der Bischof war ein Dieb, der seine Untaten hinter dem Schleier der Nacht verbarg, während Mansour Bey ein Betrüger war, der das Tageslicht nicht scheute.
Durch solche Diebe und Betrüger werden ganze Völker zugrundegerichtet wie Herden, die von den Schneidezäh-

nen der Wölfe und von den Messern der Schlächter vernichtet werden. Die orientalischen Nationen neigen unglücklicherweise dazu, sich unaufrichtigen, korrupten Führern zu unterwerfen; so sinken sie in die Niederungen der Geschichte ab, und die Zeit geht an ihnen vorbei und zertritt sie, wie man Tongeräte mit eisernen Hämmern zertrümmert.

Doch wozu fülle ich die Seiten mit der Beschreibung dieser hoffnungslosen, unglücklichen Nationen, wo sie doch dazu bestimmt sind, die Geschichte einer getäuschten Frau zu erzählen und von der Tragödie eines verwundeten Herzens zu berichten, dem die Freuden der Liebe vorenthalten wurden und das die Leiden der Liebe ungeschmälert zu erdulden hatte. Warum beklage ich jene unterdrückten Völker, statt ausschließlich der Trauer Ausdruck zu verleihen, die ich für jene schwache Frau empfand, die kaum das Leben gekostet hatte, als der Tod sie in die Arme nahm.

Aber ist diese hilflose Frau nicht ein Sinnbild der unterdrückten Völker? Kann man eine Frau, welche die unerträgliche Spannung zwischen den Neigungen ihrer Seele und den Bindungen ihres Körpers aushält, nicht mit den Nationen vergleichen, die sowohl von ihrem Klerus als auch von ihren Regierungen unterdrückt werden? Lassen sich die Gefühle, die ein junges Mädchen in die Finsternis des Grabes treiben, nicht mit den Stürmen vergleichen, die bei Revolutionen über ein Volk hereinbrechen? Die Frau bedeutet für eine Nation, was das Licht für die Lampe bedeutet. Das Licht wäre nicht matt, wenn es der Lampe nicht an Öl fehlte.

*

Die Herbsttage vergingen, und der Wind entblößte die Bäume, indem er im Spiel ihre gelben Blätter löste, und die Stürme wirbelten die Gischt des Meeres auf. Der Winter hielt seinen Einzug, und die Natur litt seufzend und klagend unter seiner Tyrannei. Ich befand mich zu dieser Zeit in Beirut, und mein einziger Begleiter waren meine Träume, die mich bald zu den Sternen emportrugen und bald mit mir zu Boden stürzten und mein Herz in die Erde versenkten. Die kummervolle Seele findet ja nur in der Einsamkeit Ruhe und Trost. Sie meidet die Menschen und hält es wie die verwundete Gazelle, die sich von ihrer Gruppe absondert und sich in eine Höhle zurückzieht – bis ihre Wunde heilt oder bis sie daran zugrundegeht.
Zufällig hörte ich eines Tages, dass Fares Karame krank sei. Ich brach aus meiner Zurückgezogenheit auf, um ihn zu besuchen; ich wählte einen einsamen Weg, den Olivenbäume säumten, deren Blätter nach dem Regen bleigrau glänzten, fernab der Hauptstraße, wo der Lärm der Fahrzeuge die nötige Stille zum Nachdenken störte.
So erreichte ich Fares Karames Haus; ich fand ihn mit abgezehrtem Körper und bleichem Gesicht im Bett liegen; seine Augen waren tief unter die Brauen eingesunken und erschienen wie finstere Höhlen, in denen sich die Schatten seines Siechtums bewegten. Sein stets heiter lächelndes Gesicht war zusammengeschrumpft zu einer aschenfarbenen zerfalteten Buchseite, auf der seine Krankheit in seltsamen, unlesbaren Zeilen geschrieben stand. Seine schlanken, geschmeidigen Hände waren so abgezehrt, daß die Knochen unter der Haut erschienen wie entlaubte Zweige, die vor dem Sturm zittern.

Als ich mich näherte und mich nach seinem Befinden erkundigte, huschte der Schatten eines müden Lächelns um

seine Lippen, und er flüsterte mit kaum hörbarer Stimme: «Geh, mein Sohn, geh ins andere Zimmer, beruhige Salma und trockne ihre Tränen, dann kommt beide zu mir und setzt euch an mein Bett!»
Ich betrat das gegenüberliegende Zimmer und fand Salma auf einem Diwan ausgestreckt; sie hatte ihre Arme um ihren Kopf gelegt und ihr Gesicht in die Kissen gedrückt, um so ihr Weinen und Schluchzen zu ersticken, damit es ihr Vater nicht hört. Ich näherte mich ihr leise und flüsterte ihren Namen mit einer Stimme, die einem Seufzer glich. Auf einmal drehte sie sich um wie ein Schlafender, der aus einem Alptraum erwacht, dann richtete sie sich auf und sah mich mit weitgeöffneten, starren Augen an, als ob sie einen Geist vor sich sähe.
Nach langem Schweigen, das die zauberhaften Eindrücke jener Stunden in uns wachrief, die uns vom göttlichen Wein trunken gemacht hatten, wischte Salma sich die Tränen mit ihren Fingerspitzen ab und sagte wehmütig: «Siehst du, wie die Zeiten sich geändert haben! Wie das Schicksal uns narrte und uns in diese finstere Höhle führte! An diesem Ort hat uns der Frühling in Liebe vereint, und jetzt begegnen wir uns hier im Winter vor dem Thron des Todes! Wie strahlend hell war jener Tag, und wie bedrückend ist die Finsternis dieser Nacht!»
Vergeblich versuchte sie, die Trauer in ihrer Stimme zu unterdrücken; sie verhüllte ihr Gesicht mit beiden Händen, als ob die Vergangenheit vor ihr Gestalt angenommen hätte und sie nicht wolle, daß diese sie jetzt widersähe. Ich legte meine Hand auf ihre Haare und versuchte, sie zu trösten:
«Komm, Salma», sagte ich, «laß uns dem Sturm trotzen wie zwei Türme! Laß uns Schulter an Schulter stehen wie

ein Heer vor dem Feind, laß uns seinen Speerspitzen mit unserer Brust und nicht mit unseren Rücken begegnen! Wenn wir getroffen werden, wollen wir wie Märtyrer sterben, und wenn wir siegen, wie Helden leben. Es ist edler, standhaft auszuhalten in den Schwierigkeiten und Beschwerden des Lebens, als sich zurückzuziehen in Sicherheit und Geborgenheit. Der Schmetterling, der so lange um das Licht flattert, bis er verbrennt, ist bewundernswerter als der Maulwurf, der, um Gefahren zu entgehen, seine Wohnung in unterirdischen Gängen baut. Und das Samenkorn, das die Kälte des Winters und die Stürme nicht ertragen kann, hat auch nicht die Kraft, die Erde aufzubrechen und sich an der Anmut und den Wundern des Frühlings zu erfreuen. Komm, Salma, laß uns mutig und aufrecht auf diesem steilen, steinigen Weg voranschreiten! Richten wir unsere Blicke auf die Sonne, damit wir nicht die Totenschädel sehen, die zwischen den Felsen liegen, und nicht die Schlangen im Dornengestrüpp. Wenn uns nämlich auf halbem Weg die Angst übermannt und uns am Weitergehen hindert, müßten wir uns das Hohngelächter der Nachtgespenster anhören. Wenn wir aber den Gipfel des Berges erreichen, werden die himmlischen Geister mit uns in Siegeshymnen einstimmen. Mäßige deinen Schmerz, Salma, trockne deine Tränen und verbirg den Kummer auf deinem Gesicht, denn wir wollen zu deinem Vater gehen und uns an sein Bett setzen; sein Leben hängt jetzt von dir ab, denn dein Lächeln ist seine einzige Medizin.»

Sie blickte mich durch ihre Tränen hindurch zärtlich an und sagte: «Du verlangst Geduld und Ausdauer von mir, aber in deinen eigenen Augen lese ich Kummer und Verzweiflung. Gibt ein Bettler einem anderen sein Brot, wenn er selber hungrig ist? Schenkt ein Kranker einem anderen Kranken sein Medikament, das er selber dringend benötigt?»

Sie erhob sich und ging mit gesenktem Kopf vor mir her ins Zimmer ihres Vaters, wir setzten uns an sein Bett. Salma gab sich alle Mühe, einigermaßen ruhig zu erscheinen und zu lächeln, und ihr Vater tat so, als ob er Kraft aus ihrer Ruhe schöpfte und es ihm schon besser ginge, obgleich ein jeder von ihnen die Bitterkeit des anderen fühlte und seinen Schmerz kannte. Sie waren wie zwei ebenbürtige entgegengesetzte Kräfte, die sich gegenseitig zugrunderichteten: dem schwerkranken Vater entzog das Unglück seiner Tochter die letzte Lebenskraft und den Lebenswillen, und die schon so geprüfte Tochter litt umso mehr unter der Krankheit ihres Vaters. Die scheidende und die verzweifelte Seele trafen sich vor der Liebe und dem Tod. Und ich befand mich zwischen beiden, meinen eigenen Kummer ertragend und den ihren teilend.

Drei Menschen, die das Schicksal in seine Hand genommen hatte, um sie zu zerdrücken und zu zerreiben: ein alter Mann, der einem Haus glich, das ein Unwetter niedergerissen hatte, ein junges Mädchen, das mit einer Lilie zu vergleichen war, die eine Sichel geköpft hatte, und ein Jüngling, der einem kraftlosen Setzling glich, den Schnee und Frost gebeugt hatten. Wir alle drei waren ein Spielzeug in der Hand des Schicksals.

Fares Karame streckte seine Hand nach Salma aus und sagte mit sanfter, matter Stimme: «Leg deine Hand in die meine, Salma!» Salma gab ihm ihre Hand, und er umschloß sie zärtlich, während er weitersprach:

«Ich bin gesättigt an Jahren, mein Kind, ich habe lange gelebt und die Früchte aller Jahreszeiten genossen; ich

habe alles gekostet, was die Tage und Nächte des Lebens dem Menschen bieten können: die Kindheit brachte mir alle erdenklichen Abwechslungen, als Jüngling umarmte ich die Liebe, einmal erwachsen, konnte ich große Reichtümer und Besitz erlangen. In all diesen Lebensphasen war ich glücklich und zufrieden.
Bevor du das dritte Lebensjahr erreicht hattest, verlor ich deine Mutter; bei ihrem Tod hinterließ sie mir einen kostbaren Schatz; so rasch wie der Halbmond wuchsest du heran, und dein Gesicht spiegelte die Züge deiner Mutter, so wie sich die Sterne an der ruhigen Oberfläche eines Sees reflektieren. Ihr Charakter und ihre Eigenschaften durchwirkten deine Handlungen und Worte wie ein mit Goldfäden gesticktes Ornament in einem hauchdünnen Schleier. So warst du mein ganzer Trost, denn ich begegnete ihr in dir, die du ebenso schön und sanft bist wie sie.
Jetzt wo ich alt und bejahrt bin, erscheint mir das Glück des Alters unter den Flügeln eines sanften Todes. Trauere nicht um mich, mein Kind, ich habe lange genug gelebt, um dich als Frau heranwachsen zu sehen, und es ist meine Genugtuung, daß ich nach meinem Tod in dir weiterleben werde. So ist es gleichgültig, ob ich heute, morgen oder übermorgen aufbrechen werde, denn unsere Tage sind wie Herbstblätter, die fallen und wieder wachsen vor dem Angesicht der Sonne. Und wenn ich der Stunde des Todes freudig entgegeneile, so ist es, weil ich mich nach der Wiederbegegnung mit deiner Mutter sehne.»
Die letzten Worte sagte er mit zuversichtlicher Stimme, und in seinem Gesicht strahlte ein Licht, wie es aus Kinderaugen leuchtet. Dabei glitt seine Hand unter das Kopfkissen, und er holte ein altes, in Gold gerahmtes Bild hervor, das von der häufigen Berührung durch Hand und

Lippen abgenutzt war, und er sagte, ohne seine Blicke von dem Bild abzuwenden: «Komm, Salma, damit ich dir das Bild deiner Mutter zeige! Komm und betrachte ihren Schatten auf diesem Stück Papier!»

Salma näherte sich und wischte sich die Tränen aus den Augen, damit nichts zwischen ihre Blicke und das Bild träte. Nachdem sie das Bild lange betrachtet hatte wie einen Spiegel, der ihr eigenes Bild reflektiert, drückte sie ihre Lippen darauf, küßte es leidenschaftlich und rief:

«O Mutter, Mama, Mama!»

Nichts anders als dieses Wort wiederholte und variierte sie, dabei hielt sie das Bild an ihren Lippen, als ob sie ihm Leben einhauchen wollte.

Das lieblichste Wort, das menschliche Lippen auszusprechen vermögen, ist das Wort «Mutter», und der schönste aller Titel, mit dem man jemanden anreden kann, ist «O Mutter!». Dieses kleine Wort ist groß durch das, was es beinhaltet an Liebe, Hoffnung und Mitgefühl, an Zärtlichkeit und Güte. Die Mutter bedeutet alles im Leben der Menschen: sie ist Trost in der Traurigkeit, Hoffnung in der Verzweiflung und Kraft in der Schwäche, sie ist die Quelle der Zärtlichkeit und Freundlichkeit, des Erbarmens und des Vergebens. Wer ohne Mutter aufwächst, vermißt die Brust, an die er seinen Kopf lehnen kann, die Hand, die ihn segnet, und das Auge, das ihn auf allen Wegen begleitet.

Die Sonne ist die Mutter der Erde, sie nährt sie mit ihren Lichtstrahlen, sie hüllt sie umarmend in ihr Licht und in ihre Wärme ein, und am Abend verläßt sie sie erst, nachdem sie die Erde in den Schlaf gewiegt hat zu den Melodien der Wellen des Meeres und den Liedern der Vögel und Flüsse.

Die Erde wiederum ist die Mutter der Bäume und Blumen, die sie gebiert, stillt und dann entwöhnt.
Bäume und Blumen ihrerseits sind zärtlich sorgende Mütter für ihre köstlichen Früchte und lebenspendenden Samen.
Und die Mutter der ganzen Schöpfung ist die universelle Seele, die ohne Anfang und Ende ist und die Quelle der Schönheit und der Liebe.
Salma Karame hatte ihre Mutter nicht gekannt, denn sie starb, als diese noch ein Kind war. Umso beeindruckter war sie jetzt, als sie ihr Bild sah, und sie rief spontan: «Mutter!»
Das Wort Mutter ist nämlich in unsere Herzen eingepflanzt wie das Samenkorn ins Herz der Erde, und es erscheint auf unseren Lippen in Stunden der Trauer oder der Freude wie der Duft, der aus den Herzen der Rosen emporsteigt in klare oder regenfeuchte Luft.
Salma betrachtete lange das Bild ihrer Mutter, indem sie es immer wieder voll Verlangen und Kummer küßte, dann drückte sie es seufzend und schluchzend an ihr Herz; mit jedem Seufzer büßte ihr zarter Körper ein Stück Kraft ein, bis er ganz erschöpft war und sie zu Boden sank. Ihr Vater legte seine Hände auf ihren Kopf und sagte: «Bis jetzt habe ich dir nur den Schatten deiner Mutter auf einem Stück Papier gezeigt, Salma, aber wenn du mir zuhörst, wirst du ihre Worte vernehmen.»
Salma hob ihren Kopf wie ein Vogeljunges, das aus dem Nest schaut, wenn es das Flattern der Flügel seiner Mutter zwischen den Zweigen hört, und sie lauschte aufmerksam den Worten ihres Vaters: «Du warst ein Säugling», begann dieser zu berichten, «als deine Mutter ihren Vater verlor. Sie war sehr traurig über seinen Tod und weinte

bittere Tränen. Sie wollte sich nicht von seinem Grab trennen, bis sie sich nach einigen Tagen besonnen hatte. In diesem Zimmer war es, da setzte sie sich wenige Tage nach der Beisetzung neben mich, nahm meine Hand und sprach: ‹Nun ist mein Vater gestorben, Fares, und du bleibst mein einziger Trost! Unser Herz mit seinen mannigfachen Gefühlen gleicht der Zeder mit ihren verschiedenen Ästen. Wenn sie eines starken Astes beraubt wird, leidet sie darunter, doch sie geht daran nicht zugrunde, denn sie wird alle Lebenskräfte auf den benachbarten Ast übertragen, damit dieser wächst und emporragt und sich anstelle des fehlenden Astes neue grüne, saftige Zweige bilden.›
Das sagte mir deine Mutter, Salma, als ihr Vater gestorben war, und so mußt auch du denken, wenn der Tod zu mir kommt und meinen Körper in die Ruhe des Grabes entführt und meine Seele in den Schatten Gottes.»
Salma entgegnete schluchzend: «Als meine Mutter ihren Vater verlor, warst du an ihrer Seite. Wer aber steht mir zur Seite, Vater, wenn ich dich verliere? Ihr Vater starb, doch ihr blieb ein trefflicher, liebender Gatte. Ihr Vater starb, aber es blieb ihr ein Kind, das seinen kleinen Kopf an ihre Brust legte und ihren Hals mit seinen Ärmchen umfing. Wer aber bleibt bei mir, wenn ich dich verliere, Vater? Du bist mir Vater und Mutter zugleich, der Freund meiner Jugend und mein Erzieher. Wer soll dich ersetzen, wenn du mich verläßt?»
Während Salma mich mit ihren tränenüberströmten Augen ansah und ihre Hand auf meine Schulter legte, fuhr sie fort: «Mir bleibt niemand außer diesem Freund, Vater. Er allein wird mir zur Seite stehen, wenn du mich verläßt. Doch wie soll ich bei ihm Trost finden, da er ebenso ver-

zweifelt ist wie ich? Kann ein gebrochenes Herz ein anderes trösten? Gleich wie eine Taube mit gebrochenen Flügeln nicht fliegen kann, so kann ein Trauernder in der Trauer des anderen keinen Trost finden.
Er ist der Freund meiner Seele, und ich habe ihm bereits genug Lasten aufgebürdet, so daß sein Rücken schon gebeugt ist. Ich bin schuld, daß seine Augen geblendet sind und er nur noch die Finsternis sieht. Er ist mir ein Bruder, den ich liebe und der mich liebt. Wie alle Brüder teilt er mein Leid, aber er lindert es nicht, und indem er mit mir weint, macht er meine Tränen nur noch bitterer und mein Herz noch schwerer.»
Als ich Salma so sprechen hörte, vermehrten und verstärkten sich die Gefühle für sie in meinem Herzen so sehr, daß es zu bersten drohte. Fares Karame schaute sie an, und während sein ausgemergelter Körper tiefer unter die Dekke glitt und sein müder Geist wie eine Flamme im Wind zitterte, sagte er leise: «Laß mich nun in Frieden scheiden, mein Kind! Meine Augen haben geschaut, was hinter den Wolken ist, und sie lassen sich nicht mehr ablenken durch die Höhlen dieser Erde. Laß mich aufbrechen und davonfliegen, denn die Flügel meiner Seele haben die Stäbe dieses Käfigs schon zerbrochen. Deine Mutter ruft mich, Salma, halte mich nicht zurück! Der Wind hat sich gelegt, und der Nebel löst sich allmählich über dem Meer auf. Mein Schiff hat die Segel gehißt, ich bin bereit für die Überfahrt. Verzögere die Reise nicht und drehe das Steuerruder nicht herum! Laß meinen Körper bei denen ruhen, die mir auf diese Reise vorangegangen sind! Laß meinen Geist aufwachen, denn das Morgenrot schimmert schon, und der Schlaf ist beendet! Gib mir einen Kuß und vergieß keine Tränen bitterer Trauer über meiner Leiche, damit die

Pflanzen auf meinem Grab nicht davor zurückschrecken, ihre Stoffe aufzunehmen. Weine auch nicht über meinen Händen, denn sie könnten als Dornen aus dem Grab wachsen! Laß weder mit Öl noch mit Salbe magische Zeichen auf meine Stirn schreiben, denn die Brise der Morgendämmerung könnte sie im Vorbeiziehen lesen und sich weigern, meine Asche auf die grünen Wiesen zu tragen. Ich habe dich im Leben geliebt, meine Tochter, ich werde dich auch im Tod lieben, und mein Geist wird um dich bleiben und dich behüten und beschützen.»

Dann sah er mich an; seine Lider waren halb geschlossen, so daß man anstelle seiner Augen nur noch zwei graue Striche sehen konnte. Er sprach in die Totenstille hinein: «Du, mein Sohn, sei für Salma ein Bruder, wie es dein Vater für mich war! Steh ihr zur Seite in den Stunden der Bedrängnis! Sei ein Freund, der Freud und Leid mit ihr teilt, bis ans Ende ihrer Tage. Laß nicht zu, daß sie über mich trauert, denn die Trauer über die Toten ist eine der großen Irrlehren, die uns vergangene Epochen überlieferten. Lenke sie ab mit heiteren Geschichten, singe ihr Lieder des Lebens und zerstreue ihren Kummer!

Erzähl deinem Vater von mir! Laß ihn dir von unserer Jugend berichten, die uns in die Wolken trug! Sag ihm, daß ich ihn in seinem Sohn aufs neue geliebt habe in den letzten Stunden meines Lebens.»

Er schwieg eine Weile, und ich vernahm das Echo seiner Worte von den Wänden und aus den Winkeln dieses Zimmers. Schließlich schaute er Salma und mich gleichzeitig an und bat flüsternd: «Holt keinen Arzt, der versuchen könnte, durch seine Kunst meine Gefangenschaft zu verlängern, denn die Zeit der Knechtschaft ist vorbei, und mein Geist sehnt sich nach der Freiheit! Ruft auch nicht nach einem Priester, denn seine Totengebete können weder meine Schuld sühnen, wenn ich ein Sünder war, noch meine Schritte ins Paradies beschleunigen, wenn ich rechtschaffen war. Der Wille des Menschen kann Gottes Willen ebensowenig beugen, wie ein Astrologe den Lauf der Sterne ändern kann. Erst wenn ich gestorben bin, laßt Ärzte und Priester kommen, denn dann ist mein Schiff schon unterwegs – ans andere Ufer.»

*

Um Mitternacht öffnete Fares Karame seine Augen, die in die Finsternis der Agonie eingetaucht waren, zum letztenmal. Er blickte seine Tochter an, die an seinem Bett kniete, und versuchte, ihr etwas zu sagen; doch er konnte nicht mehr sprechen, denn der Tod hatte seine Stimme schon gelöscht.
Nur einige Worte, die aus der Tiefe seines Herzens hervorbrachen, stammelten die Lippen kaum hörbar: «Die Nacht ist vorbei... der Morgen erscheint... o Salma... o Salma...»
Dann senkte sich sein Kopf in die Kissen, sein Gesicht wurde weiß, seine Lippen lächelten, und er gab seinen Geist auf.
Salma berührte die Hand ihres Vaters und fand sie eiskalt; da hob sie ihren Kopf und betrachtete sein Gesicht, das vom Schleier des Todes verhüllt war. Ihre Tränen hörten auf zu fließen, und es war, als erstarrte das Leben in ihrem Körper; weder bewegte sie sich, noch weinte oder schluchzte sei; sie ließ nicht ab, ihren Vater mit starren Augen anzusehen – mit den Augen einer Statue. Dann erschlaffte ihr Körper und fiel in sich zusammen wie die

Falten eines Kleides, das naß geworden ist; sie fiel auf die Erde, wobei ihre Stirn den Boden berührte, und sie flüsterte: «Erbarme dich, o Herr, und stärke jeden gebrochenen Flügel!»

*

So starb Fares Karame, sein Geist ging ein in die Ewigkeit, und die Erde forderte seinen Körper zurück. Mansour Bey nahm seine restlichen Güter in Besitz, und Salma blieb eine Gefangene ihrer Trauer; ihr erschien das Leben als eine erschreckende Tragödie.

Ich hingegen blieb eingesponnen in meine Träume und in meinen Kummer. Die Tage und Nächte lasteten schwer auf mir, und sie erschienen mir wie Adler und Geier, die sich auf ihre Beute stürzen. Immer wieder versuchte ich, in meinen Büchern Zerstreuung zu finden; ich hielt mich durch sie in der Gesellschaft vergangener Generationen auf, die viele Epochen zurücklagen. So suchte ich meiner Gegenwart zu entfliehen, indem ich mich durch die Lektüre auf den Schauplatz längst vergangener Epochen zurückversetzen ließ. Doch all dies half nichts; es war vielmehr, als ob jemand versuchte, mit Öl mein Feuer zu löschen, denn ich konnte im Reigen der Generationen nichts anderes erblicken als Tragödien, und ich konnte in dem Lied der Völker nichts anderes vernehmen als Klagen und Weinen.

Das Buch Job sprach mich mehr an als die Psalmen Davids; die Elegien Jeremias' gefielen mir besser als das Lied Salomons, und das unglückliche Geschick der Barmakiden beeindruckte mich stärker als die Größe der Abbasiden. Die Qaside von Ibn Zreick zog ich den Vierzeilern von Khayyam vor, und das Drama von Hamlet war meinem

Herzen näher als alles andere, was Europäer geschrieben hatten.

So verdunkelt die Verzweiflung unseren Blick, so daß wir nichts anderes mehr zu sehen vermögen als die Schatten unseres eigenen Unglücks, und sie verschließt unser Gehör, so daß wir nichts mehr vernehmen außer dem unruhigen Klopfen unseres verwirrten Herzens.

Zwischen Astarte und Christus

Inmitten von Gärten und grünen Hügeln, die zwischen den Vorstädten Beiruts und dem Libanongebirge liegen, steht ein kleiner antiker Tempel, der sich an einen weißen Tempel anlehnt, aus dessen Steinen er errichtet wurde. Weiden, Mandel- und Olivenbäume umgeben ihn. Obgleich der Tempel nicht mehr als eine halbe Meile von der Hauptstraße entfernt steht, ist er den meisten Liebhabern antiker Bauwerke und Ruinen unbekannt. Wie viele bedeutsame Dinge in Syrien und im Libanon verbirgt ihn ein Schleier aus mangelndem Interesse und Nachlässigkeit. Dieser Unachtsamkeit ist es zu verdanken, daß er den Blicken der Archäologen verborgen blieb und so ruhesuchenden Menschen als Zufluchtsort bewahrt wurde und den einsamen Liebenden als Wallfahrtsort.

Wer diesen merkwürdigen antiken Tempel betritt, entdeckt an der Wand, die nach Osten geht, ein phönizisches Bild, das zusammen mit einer Inschrift auf einem Grabstein in den Felsen graviert ist. Die Epochen, die der Entstehung des Tempels folgten, haben Bild und Schrift teilweise mit ihren Fingern verwischt, und die Jahreszeiten haben sie der Farbe beraubt. Das Bild stellt Astarte dar, die Göttin der Liebe und der Schönheit; sie sitzt auf einem Thron, umgeben von sieben unbekleideten Jungfrauen, die sie umstehen: die erste hält eine Fackel in ihrer Hand, die zweite eine Gitarre und die dritte ein Weihrauchgefäß, die vierte trägt einen Krug Wein, die fünfte einen

Rosenzweig und die sechste einen Lorbeerkranz, die siebte schließlich ist mit Pfeil und Bogen dargestellt. Alle sieben haben ihre Blicke demütig auf Astarte gerichtet.

Auf der danebenliegenden Wand gibt es ein Bild, das wesentlich jünger ist. Es stellt Jesus von Nazareth als den Gekreuzigten dar. Ihm zur Seite stehen seine um ihn trauernde Mutter, Maria Magdalena und zwei andere Frauen, die ihn beweinen; dieses byzantinische Bild weist durch seinen Stil auf eine Entstehungszeit zwischen dem 5. und 6. Jahrhundert nach Christus hin.

In der Wand, die jenen beiden gegenüberliegt, befinden sich zwei kreisförmige Fensterluken, durch die bei Sonnenaufgang die Strahlen der Sonne so einfallen, daß sie beide Bilder beleuchten, sie scheinen wie mit Goldfirnis überzogen.

In der Mitte des Tempels steht ein viereckiger Marmorblock, auf dessen Seiten sich alte Reliefs befinden, von denen einige Motive unter einer Patina von verkrustetem Blut verschwinden, was darauf hinweist, daß unsere Vorfahren auf diesem Stein ihre Opfertiere schlachteten und darüber Wein, Parfüm und Öl als Opfergaben gossen.

Abgesehen davon gibt es in diesem kleinen antiken Tempel nichts als tiefe Stille, welche die Seele in eine mystische Atmosphäre taucht, die uns die göttlichen Geheimnisse ahnen läßt und uns ohne Worte die Ursprünge vergangener Epochen und die Entwicklung der Religionen der Völker vor Augen führt. Solch ein Ort versetzt den Dichter in eine Welt, die diese Welt weit überragt, und sie bestärkt den Philosophen in der Überzeugung, daß der Mensch als ein religiöses Wesen geschaffen wurde: der Mensch fühlte, was er nicht sah und stellte sich vor, was er mit seinen Sinnen nicht wahrnehmen konnte, seine Vision stellte er in Symbolen dar, die auf das Verborgene hinweisen; er stellte sie dar in Form von Sprache und Gesang, von Bildern und Statuen, die sein heiligstes Streben im Leben versinnbildlichen und seine höchsten Wünsche nach dem Tod.

In diesem nur den wenigsten bekannten Tempel traf ich mich einmal im Monat mit Salma Karame. Viele Stunden verbrachten wir damit, die beiden merkwürdigen Bilder zu betrachten. Wir machten uns unsere Gedanken über den auf Golgotha gekreuzigten Jüngling, und wir malten uns das Leben der phönizischen Jugend aus, welche die Schönheit in der Person Astartes anbetete, vor ihrem Bildnis Weihrauch verbrannte und duftende Öle ausgoß; doch Erde bedeckte sie alle, und nichts blieb von ihnen übrig als der Name, den die Tage wiederholen vor dem Angesicht der Ewigkeit.

Wie schwer fällt es mir jetzt, jene Stunden, die mich mit Salma in diesem Tempel vereinten, mit Worten zu beschreiben, jene Stunden, die erfüllt waren von Wonnen und Qualen, von Freude und Leid, von Hoffnung und Verzweiflung, und die reich waren an dem, was den Menschen zum Menschen macht und das Leben zu diesem ewigen Rätsel. Doch ebenso schwer fällt es mir, mich an diese unvergeßlichen Stunden zu erinnern, ohne den Versuch zu unternehmen – wenn auch mit unzureichenden Worten –, den Schatten ihres Schattens wiederzugeben, damit es denen, die lieben und leiden, als Beispiel dient.

Wir suchten jenen alten Tempel auf, um uns dort zurückzuziehen; wir setzten uns an seine Schwelle – unsere Rücken gegen die Mauer gelehnt – und lauschten dem Echo unserer fernen Vergangenheit und gingen den Ursachen unserer beängstigenden Gegenwart auf den Grund;

wir versenkten uns in die Tiefe unserer Seelen, beklagten uns über ihre Qualen und Kümmernisse und darüber, was unser Herz an Angst und Sorge erdulden mußte; dann trösteten wir uns gegenseitig, indem wir vor unseren Sinnen alles ausbreiteten, was die Taschen der Hoffnung an erfreulichen Gegebenheiten und Möglichkeiten, an Vorstellungen und Träumen enthielten. So beruhigte sich unser Gemüt, und unsere Tränen trockneten; wir entspannten uns und lächelten, wir vergaßen alles um uns herum außer unserer Liebe; wir schoben alles beiseite, was uns traurig machte und überließen uns ganz den Neigungen unserer Seele; wir umarmten uns und verliehen unseren Gefühlen füreinander Ausdruck: Salma küßte zärtlich den Scheitel meiner Haare, und mein Herz war beglückt; ich küßte ihre zarten Finger, wobei sie ihre Augen schloß und ihren elfenbeinfarbenen Hals neigte; ihre Wangen erröteten, und sie erinnerte mich an das Morgenrot, wenn es mit seinen Strahlen die Stirn der Hügel und Berge erglühen läßt; schweigend betrachteten wir den entlegenen Horizont, dessen Wolken orangefarben schimmerten im Licht der untergehenden Sonne.
Unsere Gespräche beschränkten sich nicht nur auf den Austausch unserer Gefühle und das Beklagen unseres Zustands, vielmehr tauschten wir unsere Erkenntnisse und Erfahrungen über diverse Themen aus und unsere Ansichten über diese befremdliche Welt. Wir unterhielten uns über Bücher, die wir gelesen hatten, über Gutes und Ungutes, das sie enthielten, über ihre Bilder und Ausdrucksformen und ihre gesellschaftlichen Grundsätze. Salma sprach wiederholt von der Rolle der Frau in unserer Gesellschaft, von dem Einfluß vergangener Jahrhunderte auf ihren Charakter und ihre Neigungen, von den ehelichen

Beziehungen in unserer Zeit und was diese an seelischen Krankheiten zur Folge haben. Einmal sagte sie beispielsweise: «Die Dichter und Schriftsteller versuchen zu verstehen, was die Frau in Wahrheit ist, doch bis zu diesem Tag haben sie die Geheimnisse ihres Herzens noch nicht erforscht, denn entweder betrachten sie die Frau durch den Schleier ihrer Sehnsucht und Leidenschaft, und dann sehen sie in ihr nichts anderes als ihre körperliche Erscheinung, oder sie betrachten sie durch die Lupe der Verachtung und entdecken in ihr nur Schwäche und Abhängigkeit.»

Ein anderes Mal wies sie auf die beiden Bilder des Tempels und sagte: «Im Herzen dieses Felsens haben die Jahrhunderte Symbole eingraviert, die eine Kristallisation des Wesens der Frau darstellen, das sich zwischen Liebe und Trauer bewegt, zwischen Mitgefühl und Aufopferung, zwischen Astarte, die auf ihrem Thron sitzt, und Maria, die vor dem Kreuz steht. Der Mann kauft sich Ruhm, Größe und Ansehen, aber die Frau ist es, die den Preis zahlt.»

Niemand wußte etwas von unseren heimlichen Treffen außer Gott und den Vögeln, die über diese Gärten flogen. Salma kam in ihrem Fahrzeug bis zu dem Platz, den man «Garten des Pascha» nennt, dann ging sie auf einsamen Wegen, bis sie zu dem kleinen Tempel gelangte, sie betrat ihn, gestützt auf ihren Sonnenschirm, während sich auf ihrem Gesicht die Freude und Erwartung spiegelte, die ihr Herz empfand; ich befand mich bereits dort, wenn sie den Tempel erreichte und wartete sehnsüchtig auf sie wie ein Verdurstender.

Wir fürchteten uns nicht vor Augen, die uns beobachten konnten und hatten auch kein schlechtes Gewissen, denn wenn die Seele durch Feuer geläutert und durch Tränen gereinigt ist, ist sie erhaben über alles, was die Menschen Sünde oder Schande nennen. Sie hat sich befreit aus der Knechtschaft menschlicher Gesetze und Prinzipien, welche die Überlieferung gegen die Gefühle des Herzens aufgestellt hat, und sie erhebt ihren Kopf stolz vor dem Thron Gottes.

Seit siebzig Jahrhunderten lassen sich die Menschen von korrupten Gesetzen tyrannisieren. Sie sind nicht mehr fähig, die Bedeutung der ursprünglichen, himmlischen und ewigen Gesetze zu verstehen. Die menschliche Intelligenz hat sich an das schwache Kerzenlicht gewöhnt und erträgt es nicht mehr, in das Licht der Sonne zu blicken. Dieses Siechtum und Gebrechen hat sich von Generation zu Generation vererbt, bis es zum Allgemeingut des Menschen wurde, zu einer Gewohnheit, einem dem Menschen anhaftenden Attribut; schließlich wurden diese Eigenschaften nicht einmal mehr als Gebrechen oder Krankheit erachtet, sondern man hielt sie für eine natürliche Veranlagung, mit der Gott Adam ausgestattet hat. Und wenn diese Menschen jemandem begegnen, der diese Eigenschaften nicht besitzt, halten sie ihn für minderwertig, unvollkommen und fehlerhaft.

Diejenigen, die Salma Karame Vorwürfe machen, weil sie das Haus ihres legalen Mannes verließ, um sich heimlich mit einem anderen Mann zu treffen, sind selber tadelnswert, denn sie betrachten normale Menschen als Kriminelle und große Seelen als Rebellen. Sie gleichen Insekten, die im Finstern auf dem Boden kriechen und das Tageslicht scheuen aus Angst davor, von Passanten zertreten zu werden.

Wenn ein unschuldig Gefangener imstande ist, die Mauern seines Gefängnisses niederzureißen und es nicht tut, ist er ein Feigling. Salma Karame war eine unschuldig Gefangene, aber sie konnte sich nicht aus ihrem Gefängnis befreien. Soll man ihr darum Vorwürfe machen, weil sie aus dem Fenster ihrer Zelle auf die grünen Felder und in die Weite des Universums schaute? Ist sie darum eine Verräterin, weil sie das Haus Mansour Bey Galibs verließ, um mich zu treffen und sich an meiner Seite niederzulassen vor der Göttin Astarte und dem Gekreuzigten? Mögen die Leute sagen, was sie wollen; Salma hatte bereits die Sümpfe durchquert, welche den Geist aufweichen, und sie hatte die Welt erreicht, in die weder das Zischen der Schlangen noch das Heulen der Wölfe dringt. Und mögen die Menschen über mich reden, was sie wollen, denn die Seele, die ins Angesicht des Todes geschaut hat, erschrickt nicht vor Gesichtern von Räubern, und der Soldat, der die Schwerter über seinem Kopf klirren hörte und Ströme von Blut unter seinen Füßen fließen sah, macht kein Aufhebens von Steinen, mit denen ihn Straßenkinder bewerfen.

Die Aufopferung

An einem der letzten Tage des Monats Juni, als unerträgliche Hitze an der Küste herrschte und die Menschen die höhergelegenen Gebirgsorte aufsuchten, begab ich mich, wie gewöhnlich, zu dem antiken Tempel, um Salma dort zu treffen; ich hatte ein kleines Buch mit andalusischen Gedichten bei mir, die mich damals wie heute überaus beeindruckten und faszinierten.

Ich erreichte den Tempel bei Tagesanbruch und setzte mich an den Weg, der inmitten von Weiden, Orangen- und Zitronenbäumen liegt; von Zeit zu Zeit las ich in meinem Buch und rezitierte die Verse jener Gedichte vor mich hin, die mein Herz bezauberten durch die Eleganz ihrer Form, den Klang ihres Metrums und die Schönheit ihres Reimes; sie beschworen den Ruhm der andalusischen Könige, Dichter und Ritter herauf, die von Granada, Córdoba und Sevilla Abschied nahmen, ihre berühmten Schlösser, Gärten und Heiligtümer zurückließen und damit alles, was sie an Hoffnungen und Wünschen hegten; mit Tränen in den Augen und Kummer im Herzen verschwanden sie hinter dem Schleier der Jahrhunderte.

Nach einer Stunde des Wartens sah ich durch das Laub der Bäume hindurch Salma sich dem Tempel nähern. Sie stützte sich auf ihren Sonnenschirm, und es schien, als würde sie alle Sorgen und Mühen der Welt auf ihren Schultern tragen. Als sie den Eingang des Tempels erreicht hatte und sich neben mich setzte, entdeckte ich in ihren

Augen eine Veränderung, die Bedauern in mir weckte und die Neugier, diesem Geheimnis auf den Grund zu kommen.

Salma fühlte, was in mir vorging, und sie wollte die Spanne meines Schwankens zwischen Zweifeln und Vermutungen nicht unnötig verlängern. So legte sie die Hand auf meine Haare und sagte zu mir: «Laß meine Seele sich an der deinen stärken, denn die Stunde unserer Trennung hat geschlagen!»

Ich protestierte: «Was soll das heißen, Salma? Keine Macht der Welt vermag es, uns zu trennen!»

Sie erwiderte: «Die blinde Kraft, die uns gestern getrennt hat, trennt uns heute für immer. Die stumme Macht, die sich menschlicher Gesetze bedient, um uns zu steinigen, hat schon unter Mithilfe der Sklaven des Lebens eine feste Scheidewand zwischen dir und mir errichtet. Die Macht, die Dämon und Teufel erfand, um sie als Vormund über den menschlichen Geist einzusetzen, hat mir bestimmt, jenes Haus nicht mehr zu verlassen, das aus Knochen und Totenschädeln errichtet ist.»

«Hat dein Mann von unseren Treffen etwas erfahren», wollte ich wissen, «und fürchtest du nun seinen Zorn und seine Rache?»

Sie entgegnete: «Mein Mann kümmert sich nicht um mich; er weiß nicht einmal, wie ich meine Zeit verbringe; er ist vollauf mit jenen unglücklichen jungen Mädchen beschäftigt, welche die Armut geschmückt und geschminkt auf den Sklavenmarkt treibt, um dort ihren Körper zu verkaufen gegen das tägliche Brot, das aus Blut und Tränen geknetet ist.»

«Wenn es so ist», fragte ich sie, «was hindert dich also daran, in diesen Tempel zu kommen und neben mir zu

sitzen vor Gott und den Bildern der Vergangenheit? Bist du es schon leid, meine Seele zu betrachten, da du den Abschied und die Trennung wünschst?»
Mit Tränen in ihren Augen sagte sie: «Wie könnte meine Seele eine Trennung wünschen, da du doch ein Teil von ihr bist; meine Augen werden nie müde werden, dich anzuschauen, denn du bist ihr Licht. Wenn aber das Schicksal entschieden hat, mich auf den steilen Weg des Lebens zu führen, mit Fesseln und Ketten behaftet, wie könnte ich es dann dulden, daß du mein Schicksal teilst!»
«Erzähl mir, was vorgefallen ist, Salma», bat ich sie, «sag mir alles und verschweig mir nichts! Laß mich nicht in dieser Verwirrung!»
Sie erwiderte: «Ich kann dir nicht alles sagen, denn die Zunge, die der Schmerz zum Verstummen bringt, kann nicht reden, und die Lippen, die von der Verzweiflung versiegelt werden, können sich nicht bewegen. Alles, was ich dir sagen kann, ist, daß ich mir deinetwegen Sorgen mache, daß du dich in dieselben Schlingen verstrickst, die auch für mich ausgeworfen wurden und mit denen man mich eingefangen hat.»
«Was meinst du, Salma», erkundigte ich mich, «wer sind diejenigen, die du meinetwegen fürchtest?»
Sie bedeckte ihr Gesicht mit der Hand und seufzte, dann sagte sie zögernd: «Der Bischof Boulos Galib hat in Erfahrung gebracht, daß ich einmal im Monat das Grab verlasse, in das er mich begraben hat.»
Ich fragte sie: «Weiß der Bischof denn, daß du dich mit mir an diesem Ort triffst?»
Sie entgegnete: «Wenn er das wüßte, würdest du mich jetzt nicht an deiner Seite sitzen sehen. Aber er hegt Zweifel und stellt Vermutungen an; seit einiger Zeit läßt er

mich überwachen; er hat seinen Dienern angeordnet, mir nachzuspionieren, so daß ich sowohl im Haus, das ich bewohne, als auch auf allen Wegen, die ich betrete, stets das Gefühl habe, daß es Blicke gibt, die mir folgen, Finger, die auf mich zeigen, und Ohren, die das Flüstern meiner Gedanken hören.» Sie verstummte eine Weile, dann fuhr sie fort, während Tränen über ihre Wangen flossen: «Nicht meinetwegen fürchte ich mich vor dem Bischof, denn der Ertrinkende hat keine Angst davor, naß zu werden. Wenn ich mich fürchte, so ist es deinetwegen. Du bist jetzt frei wie das Sonnenlicht, und du könntest in die gleiche Falle gehen wie ich; dann ergreifen sie dich mit ihren Krallen und zerreißen dich mit ihren Zähnen. Ich sorge mich nicht um mein Leben, denn das Schicksal hat bereits alle Pfeile seines Köchers geleert und sie in meine Brust gepflanzt. Aber ich mache mir Sorge um dich. Du befindest dich im Frühling des Lebens, eine Schlange könnte dich in den Fuß beißen und dich davon abhalten, deine Reise zu den Gipfeln der Berge fortzusetzen, wo dich die Zukunft erwartet mit ihren Freuden und Ehren.»
Ich antwortete ihr: «Derjenige, den die Schlangen nicht am Tage bissen und die Wölfe nicht in den Nächten angriffen, gibt sich Illusionen hin über die Tage und Nächte des Lebens. Hör zu, Salma, hör mir gut zu! Gibt es für uns beide keinen anderen Ausweg als die Trennung, um uns vor der Gemeinheit der Menschen zu schützen? Sind uns alle Wege der Liebe, des Lebens und der Freiheit verschlossen? Bleibt uns nichts anderes übrig, als vor dem Willen der Todesknechte zu kapitulieren?»
In einem Ton, der das Ausmaß ihrer Verzweiflung erkennen ließ, sagte sie: «Es bleibt uns nichts anderes übrig als Abschied und Trennung.»

Ich nahm ihre Hand in die meine; mein Geist rebellierte, und der Rauch von der Fackel meiner Jugend löste sich im Äther auf. Und ich sagte erregt: «Schon viel zu lange willfahren wir den Launen der Menschen, Salma! Seit jener Stunde, die uns zusammenführte, bis jetzt beugen wir uns vor dem Willen der anderen wie Blinde, die vor ihren Idolen niederknien. Seitdem ich dich kenne, sind wir Spielbälle in der Hand des Bischofs Boulos Galib, und er wirft uns, wohin er will. Sollen wir uns weiterhin so fügsam und unterwürfig verhalten und uns einkreisen lassen von der Finsternis seiner Seele, bis das Grab uns aufnimmt und die Erde uns einverleibt? Hat Gott uns den Hauch des Lebens geschenkt, damit wir das Leben vom Tod zertreten lassen? Hat er uns die Freiheit gegeben, damit wir sie zum Schatten der Sklaverei machen?

Wahrlich, wer das Feuer seiner Seele mit der Hand auslöscht, verrät den Himmel, der es entzündet hat. Und wer Unrecht duldet, statt sich dagegen aufzulehnen, ist ein Bundesgenosse der Rechtsverdreher und ein Komplize der Blutvergießer!

Ich liebe dich, Salma, und du liebst mich, und die Liebe ist ein kostbarer Schatz, den Gott großmütigen und empfindsamen Herzen anvertraut hat. Sollen wir diesen Schatz in den Schweinetrog werfen, damit die ihn mit ihren Schnauzen durchwühlen und mit ihren Pfoten zertreten?

Vor uns liegt die Welt, eine weite Bühne voller Schönheiten und Mysterien. Warum leben wir noch in diesem engen Tunnel, den uns der Bischof und seine Gehilfen gegraben haben. Vor uns liegt das Leben und die Freiheit mit dem, was die Freiheit an Glück und Seligkeit birgt. Warum nehmen wir nicht das schwere Joch von unseren Schultern, zerbrechen wir nicht die Fesseln unserer Füße und gehen dahin, wo Ruhe und Frieden herrschen? Steh auf, Salma, verlassen wir diesen kleinen Tempel und betreten wir den gewaltigen Tempel der Welt! Verlassen wir dieses Land, in dem Knechtschaft und Dummheit herrschen, und begeben wir uns in ein weit entferntes Land, wohin weder die Hand des Räubers noch der Atem der Dämonen reicht. Laß uns im Schatten dieser Nacht zur Küste gehen, wir werden dort ein Schiff nehmen, das uns übers Meer bringt, und an neuen Gestaden werden wir ein neues Leben beginnen in Aufrichtigkeit, Reinheit und gegenseitigem Einverständnis. Dort werden uns weder die Schlangen mit ihrem Gift anspeien, noch werden uns wilde Tiere anfallen. Zögere nicht, Salma, diese Minuten sind kostbarer als Königskronen und erhabener als die Paläste der Engel! Komm, steh auf, folgen wir der Lichtsäule, die uns aus dieser dürren Wüste führen wird zu den Feldern, wo Blumen und duftende Kräuter wachsen!»

Sie schüttelte den Kopf und starrte auf einen unsichtbaren Punkt an der Decke des Tempels; auf ihren Lippen erschien ein trauriges Lächeln, das zeigte, wie sehr sie im Innern ihrer Seele litt, dann sagte sie bestimmt: «Nein, nein, Geliebter, der Himmel gab mir diesen Kelch in die Hände, der gefüllt ist mit Essig und Myrrhe; ich habe ihn unvermischt getrunken; es verbleiben nur noch einige Tropfen darin, und ich werde sie austrinken, um zu sehen, was sich im Grund des Kelches verbirgt. Dieses freie, herrliche Leben, von dem du sprichst, ist nicht für mich; ich habe die Kraft nicht mehr, seine Freuden und Genüsse zu ertragen, denn der Vogel mit gebrochenen Flügeln kriecht zwischen den Felsen, statt in den Lüften zu schweben; die entzündeten Augen sehen nur die winzigen Dinge in unmittel-

barer Nähe, sie vermögen es nicht mehr, ins strahlende Licht zu schauen. Sprich nicht vom Glück, denn allein seine Erwähnung schmerzt mich so sehr wie das Unglück! Und beschreibe mir nicht die Freuden der Freiheit, denn schon ihren Schatten fürchte ich so sehr wie das Elend!
Doch schau mich an, damit ich dir die heilige Flamme zeige, die der Himmel in der Asche meines Herzens angezündet hat. Du weißt, daß ich dich liebe, wie nur eine Mutter lieben kann. Diese Liebe ist es, die von mir verlangt, dich zu schützen, sogar vor mir selber. Es ist die im Feuer geläuterte Liebe, die mich davon abhält, dir bis ans Ende der Welt zu folgen; sie stellt meine eigenen Gefühle für dich zurück, damit du frei und unbescholten lebst, weit entfernt von der Gemeinheit der Menschen und ihren Verleumdungen.
Die begrenzte Liebe sucht den Besitz des anderen, doch die grenzenlose Liebe verlangt nichts anderes als zu lieben. Die Liebe, die mit dem Erwachen der Jugend und ihrer Sorglosigkeit anbricht, begnügt sich mit der Begegnung, sie läßt sich durch die Vereinigung der Liebenden zufriedenstellen und entfaltet sich in der Umarmung; die Liebe hingegen, die im Schoß der Unendlichkeit geboren wurde und mit den Geheimnissen der Nacht herabsteigt, begnügt sich mit nichts außer der Unsterblichkeit, und vor nichts anderem erhebt sie sich ehrfürchtig als vor Gott.
Als ich gestern erfuhr, daß der Bischof Boulos Galib mich daran hindern will, das Haus seines Neffen zu verlassen, und mich der einzigen Freude berauben will, die ich seit meiner Heirat gekannt habe, stand ich am Fenster meines Zimmers und schaute auf das Meer; ich dachte an die zahlreichen Länder, die sich dahinter befinden, an die geistige Freiheit und die persönliche Unabhängigkeit, die sie

ihren Bewohnern bieten; ich stellte mir vor, dort mit dir zu leben, den Eingebungen deines Geistes lauschend und umgeben von deiner Liebe. Doch diese Träume, welche die Herzen unterdrückter Frauen entflammen, so daß sie sich gegen überlebte Traditionen auflehnen, die sie im Schatten von Recht und Freiheit leben lassen, waren kaum an meinem inneren Auge vorbeigezogen, als ich merkte, daß sie meine Seele erniedrigten; unsere Liebe erschien mir aus dieser Sicht zerbrechlich und begrenzt, und sie vermochte es nicht, dem Sonnenlicht standzuhalten.
Ich weinte wie ein König, den man entthront hatte, und wie ein Reicher, der seine Schätze verloren hatte. Es dauerte nicht lange, da erblickte ich durch meine Tränen hindurch dein Gesicht, ich sah deine Augen, die mich anschauten, und ich erinnerte mich an die Worte, mit denen du mich einst getröstet hattest: ‹Komm, Salma, laß uns Schulter an Schulter stehen wie ein Heer vor dem Feind! Laß uns seinen Speerspitzen mit unserer Brust begegnen, nicht mit unseren Rücken! Wenn wir getroffen werden, werden wir wie Märtyrer sterben, und wenn wir siegen, wie Helden leben! Es ist edler, standhaft auszuhalten in den Schwierigkeiten und Beschwerden des Lebens, als sich zurückzuziehen in Sicherheit und Geborgenheit!› Das sagtest du mir, als die Flügel des Todes über dem Lager meines Vater schwebten, und gestern mußte ich mich daran erinnern, als die Fittiche der Verzweiflung über meinem Kopf schwebten; sie stärkten und ermutigten mich, und ich fühlte in meinem dunklen Gefängnis eine Art Freiheit der Seele, die meine Bedrängnis erleichterte und meine Trauer verringerte. Ich begriff, daß unsere Liebe so tief ist wie das Meer, so hoch wie die Sterne und so weit wie das Universum.

Heute komme ich zu dir, und in meiner erschöpften, verletzten Seele lebt eine neue Kraft; es ist die Fähigkeit zur Aufopferung einer schönen Wirklichkeit um einer noch schöneren willen. Ich opfere das Glück auf, in deiner Nähe zu leben, damit dein Ansehen und deine Ehre ungeschmälert bleiben in den Augen der Menschen und damit du unantastbar bist für ihre Verleumdungen und ihren Verrat.
Wenn ich früher zu diesem Ort kam, schleppte ich schwere Ketten an meinen Fesseln mit; heute aber fühle ich eine Entschlossenheit in mir, die der Ketten und Fesseln spottet und meinen Weg kurz erscheinen läßt.
Früher kam ich wie ein Phantom hierher, heute aber als Frau, die sich der Pflicht der Aufopferung bewußt ist, die den Wert der Leiden kennt und denjenigen, den sie liebt, vor den Verleumdungen der Menschen und vor ihrer eigenen hungrigen Seele zu retten sucht.
Früher saß ich neben dir wie ein Schatten meiner selbst, heute aber kam ich, um dir mein wahres Wesen zu offenbaren vor der Göttin Astarte und dem gekreuzigten Jesus. Ich bin wie ein Baum, der im Schatten aufwuchs und der nun seine Zweige und Äste ausbreitet, damit sie sich im Licht der Sonne bewegen. Ich kam, um mich von dir zu verabschieden, Geliebter, und unser Abschied soll unserer Liebe würdig sein. Möge er wie Feuer sein, der das Gold schmilzt, damit es umso mehr glänzt.»
Salma ließ mir keine Gelegenheit zu sprechen oder zu widersprechen. Sie sah mich mit glühenden Augen an, deren Strahlen ihrem Gesicht Würde und Majestät verliehen und mich erwärmten. Sie erschien mir wie eine Königin, die Schweigen und Gehorsam gebietet.
Plötzlich warf sie sich an meine Brust mit einer Leiden-

schaft, die ich bisher nicht an ihr gekannt hatte, sie schlang ihre Arme zärtlich um meinen Hals und bedeckte meine Lippen mit leidenschaftlichen Küssen, die das Leben in allen Fasern meines Herzens weckten und nie geahnte Empfindungen in meiner Seele auslösten. Die gleiche Situation, die mich antrieb, gegen die gesamte Welt zu rebellieren, bewirkte auch, daß ich mich schweigend dem göttlichen Gesetz unterwarf, das Salmas Herz zum Tempel machte und ihre Seele zum Altar.

*

Als die Sonne unterging und mit ihren letzten Strahlen jene Gärten und Felder vergoldete, erhob sich Salma, warf einen langen Blick auf die Wände und in die Winkel des Tempels, als ob sie das Licht ihrer Augen darin verströmen wollte. Dann näherte sie sich dem Bild Jesu, kniete ehrfürchtig nieder, und während sie die durchbohrten Füße des Gekreuzigten immer wieder küßte, sagte sie: «Heute habe ich dein Kreuz gewählt, Jesus von Nazareth, und auf die Freuden und Wonnen Astartes verzichtet; statt des Lorbeerkranzes wählte ich deine Dornenkrone, und ich wusch mich in Blut und Tränen statt in wohlriechenden Salben und duftenden Ölen. Ich trank Essig und Galle aus einem Kelch, der für Wein und Nektar bestimmt war. Nimm mich in die Schar deiner Jünger auf, die stark sind in ihrer Schwäche, führe mich auf den Gipfel von Golgotha, zusammen mit deinen Erwählten, die für ihre Leiden belohnt werden und über den Kummer ihrer Herzen frohlocken.»
Dann stand sie auf und sagte zu mir: «Nun gehe ich fröhlich zurück in meine finstere Höhle mit ihren furchterre-

genden Geistern. Bemitleide mich nicht, Geliebter, und sei nicht besorgt um mich, denn die Seele, die den Schatten Gottes geschaut hat, fürchtet sich nicht vor Dämonen, und derjenige, der das göttliche Licht nur einen Augenblick gesehen hat, verschließt sein Auge nicht mehr vor dem Leid dieser Welt.»

Sie verließ den Tempel und ließ mich darin ratlos, verwirrt und nachdenklich zurück. Ich sah in einer Vision Gott auf seinem Thron sitzen, während die Engel um ihn herum die Taten der Menschen aufschrieben, die Geister dic Tragödie des Lebens rezitierten und die Musen Lieder der Liebe, der Trauer und Unsterblichkeit sangen. Als ich aus dieser Entrückung erwachte, hatte die Nacht die Welt mit ihren dunklen Wellen überschwemmt. Ich fand mich allein und verlassen inmitten dieser Gärten und rief mir jedes Wort, das Salma gesprochen hatte, ins Gedächtnis zurück; ich erinnerte mich an ihre Bewegungen und Gesten, an ihr Schweigen und an die Berührung ihrer Hände. Als mir die Tatsache ihres Abschieds in seiner ganzen Tragweite und dem daraus folgenden Leid der Einsamkeit bewußt wurde, erstarrte mein Denken, und es brach mir fast das Herz. Ich erfuhr zum erstenmal, daß der Mensch, selbst wenn er frei geboren wurde, ein Sklave der Gesetze bleibt, die seine Väter und Großväter erließen, und daß der Schicksalsspruch, den wir für ein göttliches Geheimnis halten, nichts anderes ist als die Unterwerfung des Heute unter das Gestern und die Kapitulation des Morgen vor dem Heute.

Wie oft dachte ich seit jener Nacht bis zu dieser Stunde über die Geheimnisse der Seele nach, die es bewirkten, daß Salma den Tod dem Leben vorzog. Wie oft verglich ich die Größe ihres Opfers mit der der Auflehnung, um festzustellen, welche der beiden Verhaltensformen edler und besser ist. Aber ich kam bisher zu keinem Ergebnis, es sei denn zu der Erkenntnis, daß Aufrichtigkeit alle Handlungen gut und edel macht. Und Alma Karame war die Aufrichtigkeit in Person und die Verkörperung gelebter Überzeugung.

Der Retter

Fünf Jahre vergingen nach Salmas Hochzeit, ohne daß sie ein Kind zur Welt brachte, dessen Existenz eine Gemeinsamkeit für sie und ihren Gemahl bedeutet und neue Bande zwischen ihnen geknüpft hätte, ein Kind, das ihre beiden Seelen, die sich einander fremd waren, durch ein Lächeln vereint hätte, so wie das Morgenrot das Ende der Nacht und den Anbruch des Tages zusammenfügt.

Die unfruchtbare Frau wird überall auf der Welt verachtet, denn der Egoismus des Mannes strebt danach, sich in seinen Söhnen zu verewigen. Er will Kinder von seiner Frau, um durch sie ewig auf dieser Erde bleiben zu können.

Der materialistisch gesinnte Mann betrachtet die Unfruchtbarkeit seiner Frau als Selbstmord; darum haßt er sie und verläßt sie oder wünscht sich ihren Tod; sie ist nämlich in seinen Augen ein unberechenbarer Feind, der ihn zu vernichten sucht. Mansour Bey Galib war so materiell wie die Materie, so hart und unbarmherzig wie Stahl und so unersättlich wie ein Grab.

Sein unerfüllter Wunsch nach einem Sohn, der seinen Namen, sein Vermögen und seinen sozialen Rang erben sollte, ließ ihn die arme Salma verachten und sich an ihr rächen. In seiner Enttäuschung erschienen ihm Salmas Vorzüge und gute Eigenschaften als Makel und Fehler.

Doch der Baum, der in einer Höhle wächst, trägt keine Früchte, und Salma Karame brachte kein Kind zur Welt, da sie im Schatten des Lebens lebte. Eine Nachtigall im Käfig baut kein Nest für ihre Jungen, um ihnen nicht die Gefangenschaft zu vererben. Salma Karame war eine Gefangene ihres Leids, und der Himmel wollte nicht, daß sie Kinder in die Welt setzte, die ihre Gefangenschaft teilen müßten.

Die Blumen des Tales werden geboren aus der Zärtlichkeit der Sonne und der Leidenschaft der Natur. Und Menschenkinder sind Blumen, die aus Liebe und Zärtlichkeit hervorgehen. Salma Karame aber empfing weder Zuneigung noch Zärtlichkeit in diesem prächtigen Haus an der Meeresküste in Ras Beirut.

In der Stille ihrer Nächte betete sie und flehte den Himmal an, ihr ein Kind zu schenken, das mit seinen rosigen Fingern ihre Tränen abwischte und mit dem Licht seiner Augen die Schatten des Todes von ihrem Herzen zerstreute. Salma betete und flehte so lange, bis der Himmel ihr Gebet erhörte und eine süße Melodie in ihren Schoß senkte. Nach fünf Jahren Ehe ließ er sie endlich der langersehnten Mutterschaft entgegensehen und tilgte so ihre Schmach und Schande.

Der Baum, der in der Höhle wuchs, blühte, um Frucht zu tragen.

Die Nachtigall, die im Käfig gefangen war, schickte sich an, aus den Federn ihrer Flügel ein Nest zu bauen.

Und die Saiten der Laute, die man weggeworfen und zertreten hatte, berührte der Ostwind und ließ eine wunderschöne Melodie auf ihnen erklingen.

Die unglückliche Salma streckte ihre gefesselten Hände aus, um die Gabe des Himmels darin zu empfangen.

Keine der Freuden, die das Leben bereithält, ist zu vergleichen mit der Freude einer Frau, die als unfruchtbar galt und der es der Himmel endlich gewährt, Mutter zu werden. Alles, was das Frühlingserwachen an Schönheiten birgt, alle Freuden beim Aufgang des Morgenrots sind vereint im Herzen einer Frau, die unfruchtbar war und der Gott ein Kind schenkt.

Kein Licht gibt es, das heller leuchtet als die Strahlen, die von einem menschlichen Wesen ausgehen, das in der Dunkelheit des Mutterschoßes eingeschlossen ist.

Der April kam, und mit ihm hielt der Frühling Einzug zwischen Hügeln und Tälern. Auch für Salma näherte sich die Zeit, da sie ihr Erstgeborenes zur Welt bringen sollte. Es war, als hätte sie eine Vereinbarung mit der Natur getroffen über den Zeitpunkt der Geburt, denn auch die Natur brachte jetzt ihre Blumen zur Welt und wickelte Pflanzen, Kräuter und Blüten in die Windeln ihrer Wärme ein.

Die Monate des Wartens waren vorüber, und Salma sah ihrer Niederkunft entgegen wie der Wanderer dem Aufgang des Morgensterns. Seit dem Beginn ihrer Schwangerschaft sah sie ihre Zukunft, die ihr vormals dunkel erschienen war, durch ihre Tränen hindurch strahlend und vielversprechend.

In einer Nacht, als die Schatten der Finsternis jenes Haus in Ras Beirut umgaben, warf Salma sich – von Schmerzen geplagt – auf ihr Lager. Tod und Leben rangen miteinander. Der Arzt und die Hebamme standen an ihrem Bett, um sie zu unterstützen, den neuen Gast zur Welt zu bringen. Es gab kaum noch Passanten auf der Straße, und außer dem gedämpften Lied der Wellen des Meeres hörte man nur die angstvollen Schreie Salmas, die aus dem Hause Mansour Bey Galibs drangen:

Schreie der Abtrennung eines Lebens vom anderen,
Schreie lebendiger Liebe zwischen Nichts und Nichtsein,
Schreie begrenzter menschlicher Kraft vor der überwältigenden Macht des endlosen Schweigens,
Schreie der schwachen Salma angesichts der gewaltigen Riesen Leben und Tod, die um sie kämpften...

Als das Morgenrot erschien, brachte Salma einen Sohn zur Welt. Bei seinem ersten Schrei öffnete sie ihre schmerzerfüllten Augen, schaute um sich herum und erblickte lauter fröhliche Gesichter. Als sie die Augen zum zweitenmal öffnete, sah sie, daß der Kampf, den sich Leben und Tod in der Nähe ihres Lagers lieferten, noch nicht beendet war. Sie schloß ihre Augen wieder und sagte zum erstenmal: «Mein Sohn!»

Die Hebamme wickelte das Kind in seidene Windeln und legte es neben seine Mutter. Der Arzt sah Salma mit sorgenvollen Blicken an, von Zeit zu Zeit schüttelte er schweigend seinen Kopf.

Die Freudenrufe hatten einige Nachbarn geweckt, die in ihren Schlafanzügen herbeieilten, um den Vater zu seinem Sohn zu beglückwünschen, während der Arzt Mutter und Kind mit besorgtem Blick beobachtete.

Die Diener eilten zu Mansour Bey, um ihm die gute Nachricht der Ankunft seines Erben mitzuteilen, und ihre Hände füllten sich mit seiner Belohnung und mit Geschenken. Der Arzt aber betrachtete Salma und ihren Sohn traurig.

Als die Sonne aufging, legte Salma ihren Sohn an ihre Brust; er öffnete seine Augen zum erstenmal und sah seine Mutter an, dann schloß er sie für immer...

Der Arzt nahm den Säugling aus ihren Armen; auf Salmas

Wangen flossen zwei Tränen, und sie sagte leise zu sich selbst: «Er ist ein Gast, der wieder aufbricht, kaum daß er gekommen ist.»
Das Kind war tot, und die Nachbarn feierten noch mit seinem Vater im großen Salon des Hauses seine Geburt. Sie tranken auf sein Wohl und auf ein langes Leben. Die arme Salma blickte den Arzt an und bat ihn: «Geben Sie mir mein Kind! Lassen Sie es mich umarmen!»
Sie öffnete die Augen und sah den Tod und das Leben an ihrem Lager immer noch miteinander ringen.
Das Kind war gestorben, doch das Klingen der Gläser verstärkte sich in den Händen derjenigen, die seine Ankunft feierten. Es war mit dem Morgenrot zur Welt gekommen und bei Sonnenaufgang gestorben. Und wer könnte die Zeit messen, um festzustellen, ob diese Stunde zwischen der Ankunft des Morgenrots und dem Aufgang der Sonne kürzer ist als das Jahrhundert, das zwischen dem Erscheinen und dem Untergang einer Nation liegt.
Salmas Kind kam wie ein Gedanke in diese Welt, es starb wie ein Seufzer und verschwand wie ein Schatten. Es ließ Salma den Geschmack der Mutterschaft kosten, aber es blieb nicht lange genug, um sie glücklich zu machen und die Hand des Todes von ihrem Herzen zu entfernen. Es war ein kurzes Leben, das am Ende der Nacht begann und zu Beginn des Tages endete.

Es glich einem Tautropfen, der aus dem Augenlid der Finsternis tropft und bei der Berührung des Lichtes trocknet,
es glich einem Wort, das der Himmel aussprach, und als ob er es bereut hätte, holte er es kurz darauf ins ewige Schweigen zurück,

es glich einer Perle, die die Flut an die Küste spülte und die von der Ebbe in die Tiefen des Meeres zurückgenommen wurde,
es glich einer Lilie, die gerade aus dem Blütenkelch hervorgegangen ist und kurz darauf von den Schritten des Todes zermalmt wird,
es glich einem lieben Gast, der kaum ins Haus eingetreten ist und sich niedergelassen hat, als er sich schon wieder zur Reise rüstet; und kaum wurden ihm die Türflügel geöffnet, da schloßen sie sich auch schon wieder hinter ihm.

Es war eine Hoffnung; kaum hatte sie die Gestalt eines Kindes angenommen, da wurde sie bereits wieder zu Staub. Und ebenso ist das Leben der Menschen, das Leben der Völker und das Leben der Sonnen, Monde und Gestirne.
Salma sah den Arzt an und flehte: «Gebt mir meinen Sohn, damit ich ihn umarme; gebt ihn mir, damit ich ihn stille...»
Der Arzt senkte seinen Kopf und sagte mit erstickter Stimme: «Seien Sie stark, gnädige Frau, damit Sie Ihr Kind überleben!»
Da schrie Salma verzweifelt auf, dann blieb sie eine Weile still; schließlich lächelte sie, und ihr Gesicht strahlte, als wäre ihr etwas offenbart worden, woran sie nicht gedacht hatte.
Sie sagte ruhig: «Gebt mir die Leiche meines Sohnes! Gebt mir mein totes Kind!»
Der Arzt legte ihr das Kind in die Arme, sie drückte es an ihre Brust, und indem sie sich mit dem Gesicht zur Wand drehte, sagte sie: «Du bist gekommen, um mich zu holen,

mein Sohn! Du bist gekommen, um mir den Weg ans andere Ufer zu zeigen! Hier bin ich, mein Kind! Geh vor mir her und laß uns gemeinsam diese finstere Höhle verlassen!»

Eine Weile später drangen die Strahlen der Sonne durch die Vorhänge der Fenster ins Zimmer und beschienen zwei leblose Körper, die auf dem gleichen Lager ruhten, geweiht durch die Würde der Mutterschaft und beschattet von den Flügeln des Todes.

Der Arzt verließ das Zimmer mit Tränen in den Augen. Nachdem er den Salon betreten hatte, verwandelten sich die Jubelschreie der Anwesenden in Weinen und Wehklagen.

Nur Mansour Bey Galib klagte nicht und vergoß auch keine Träne; er stand stumm da wie eine Statue und hielt sein Glas in der Rechten.

*

Am folgenden Tag legte man Salma ihr weißes Brautkleid an und bahrte sie in einem Sarg auf, dessen Innenwände mit Samt ausgeschlagen waren; dem Kind dienten seine seidenen Windeln als Leichentuch; sein Sarg waren die Arme seiner Mutter, sein Grab war ihre Brust.

Man trug die beiden auf einer Totenbahre zu Grabe. Der Trauerzug folgte ihnen langsam, in einem Rhythmus, der dem Herzschlag Sterbender gleicht. Auch ich befand mich in dem Trauerzug, doch keiner kannte mich und niemand wußte etwas von meinen Beziehungen zu Salma.

Als der Trauerzug den Friedhof erreichte, erhob sich der Bischof Boulos Galib, und er begann, die Totengebete zu psalmodieren; die Priester, die um ihn herum standen, sangen mit ihm, während auf ihren finsteren Gesichtern ein Schleier von Unwissen und Leere lag. Als man den Sarg in die Gruft niederließ, flüsterte einer der Trauergäste: «Das ist das erstemal, daß ich sehe, wie zwei Tote in einem Sarg beigesetzt werden!»

Ein anderer sagte: «Es ist, als ob ihr Kind gekommen wäre, um sie abzuholen und aus der Tyrannei ihres Mannes zu erretten!»

Und wieder ein anderer bemerkte: «Schaut euch das Gesicht von Mansour Bey Galib an! Er blickt mit gläsernen Augen in die Leere. Man sieht ihm nicht an, daß er an einem Tag seine Frau und sein Kind verloren hat!»

Ein anderer sagte: «Bald wird ihn sein Onkel, der Bischof, wieder verheiraten mit einer Frau, die noch reicher ist und robuster als diese!»

Solange der Totengräber damit beschäftigt war, die Gruft zuzuschütten, fuhren die Priester fort zu singen und zu psalmodieren. Dann näherten sich die Trauergäste einer nach dem anderen dem Bischof und seinem Neffen, um ihnen ihr Beileid und Trostworte auszusprechen. Ich blieb allein und unbeachtet stehen, und niemand tröstete mich in meinem Leid, als ob Salma und ihr Kind nicht die Menschen waren, die mir in der Welt am nächsten standen.

Endlich verliessen die Trauergäste den Friedhof; nur der Totengräber stand noch, mit seiner Schaufel in der Hand, an dem neuen Grab. Ich näherte mich ihm und fragte ihn: «Weißt du noch, wo das Grab von Fares Karame ist?»

Er sah mich eine Weile an, dann deutete er auf Salmas Grab und sagte: «Es ist dieselbe Gruft! Ich habe die Tochter mit ihrem Kind auf seiner Brust zur Ruhe gebettet und alle drei mit Erde zugedeckt!»

Ich antwortete ihm: «Und in dasselbe Grab hast du auch mein Herz gelegt, guter Mann! Wie stark sind deine Arme!»
Als der Totengräber hinter den Zypressen verschwunden war, ließ mich meine Beherrschung im Stich. Ich warf mich auf Salmas Grab und weinte bitterlich.